Conselho de Amiga

SIOBHAN VIVIAN

Conselho de Amiga

Se não dá para confiar em seus amigos,
em quem confiar?

TRADUÇÃO
MAYSA MONÇÃO

Editora
Novo Conceito

Publicado sob acordo com Lennart Sane Agency AB

1ª Impressão — 2012

Edição: Edgar Costa Silva
Produção Editorial: Alline Salles, Lívia Fernandes, Tamires Cianci
Preparação de Texto: Ana Oliveira
Revisão de Texto: Sandra Brazil, Elisabete B. Pereira
Diagramação: Crayon Editorial Ltda., Vanúcia Santos
Capa: Martha Tadaieski

Este livro segue as regras da Nova Ortografia da Língua Portuguesa.

Dados Internacionais de Catalogação na Publicação (CIP)
(Câmara Brasileira do Livro, SP, Brasil)

Vivian, Siobhan
Conselho de amiga / Siobhan Vivian ; tradução Maysa Monção. – Ribeirão Preto, SP : Novo Conceito Editora, 2012.

Título original: A little friendly advice.
ISBN 978-85-63219-30-5

1. Ficção norte-americana I. Título.

12-03392 CDD-813

Índices para catálogo sistemático:
1. Ficção : Literatura norte-americana 813

Rua Dr. Hugo Fortes, 1885 – Parque Industrial Lagoinha
14095-260 – Ribeirão Preto – SP
www.editoranovoconceito.com.br

Para Brenna,
minha irmãzinha extraordinária

Agradecimentos

A David Levithan, editor/mentor/amigo/inspiração. Não tenho como agradecer tudo o que você fez por mim, mas vou tentar. Você é minha luz. Isso se refere àquelas intermináveis discussões.

Muitos aplausos entusiasmados aos colegas da Escolástica. Admiro muito o esforço de todos vocês.

A Rosemary Stimola, minha agente em Jersey. Obrigada por sua sabedoria, orientação e ousadia.

Ofereço minha infinita cumplicidade àqueles que usaram a caneta vermelha, oferecendo seu inabalável apoio e impedindo-me de jogar meu laptop pela janela. São eles: Kathryne B. Alfred, Coe Booth, Daphne Grab, Lisa Graff, Lisa Greenwald, Jenny Han, Caroline Hickey, Equipe Amizade (Sara Shandler e Lynn Weingarten), Eamon Tobin, meu melhor amigo, Erin Comaskey, e Sarah Weeks e Tor Seidler da New School MFA, programa de redação criativa.

A Brian Carr, agradeço por deixar tudo para ler minhas novas páginas. Operação Ômega para sempre.

A Nick Caruso, agradeço todo o amor, o apoio e as improvisadas festas. Beijos e abraços.

A meu pai e a minha mãe, vocês são os melhores. Pais. De verdade. A quadra de tênis e a piscina não me saem da cabeça.

Capítulo 1

O papel de embrulho do meu presente de aniversário é impenetrável. Minha mãe acabou com um rolo de durex unindo todas as pontas e pedacinhos de papel. Ela quer que minha festa de 16 anos seja inesquecível — muito mais especial do que eu mesma, usando camiseta Hanes, calça Levi's, tênis Converse na velha cozinha de azulejos cor de mostarda.

— Aposto que você não entra mais naquele bonito vestido de verão que eu comprei pra você em agosto. — Ela me provoca, ao perceber que eu não estou vestida de acordo para o jantar. — Você já cresceu mais uns sete centímetros.

Patético. Tive de colocar na cabeça uma coroa de papel.

Minha mãe preparou *ziti*[1], comprou um bolo gelado em forma de baleia com raspas de chocolate na loja em frente de casa e convidou minhas amigas para soprarem as velinhas às 21 horas. Depois que estivéssemos empanturradas de tanto açúcar, poderíamos cair fora, nos subúrbios, para alguma libertinagem em minha homenagem. Mesmo sendo quinta-feira, poderia voltar até à meia-noite.

— O jantar estava ótimo — disse e vi minha mãe inclinar o corpo ao limpar um pirex engordurado com restos de *noodles*. Um rabo de cavalo cor de chocolate lhe caía nos ombros e alguns cabelos grisalhos iluminavam sua testa. Eram cintilantes.

[1] Espécie de massa italiana, preparada com *penne*, molho e queijo derretido, geralmente muçarela ou parmesão. (N. T.)

— O segredo é que eu cortei todos os ingredientes pela metade, menos o queijo... — minha mãe me confessou. Ao fundo o som da água escorria na pia. Ela é mestre em calcular as receitas para a família toda. A anti-Betty Crocker[2].

Eu chacoalho o presente perto dos ouvidos. Não fazia nenhum barulho.

— Você não pode lavar a louça mais tarde?

— Todo esse suspense deve estar matando você! — Quando ela se vira, seu sorriso é amplo. Ela joga o pano de prato sobre os ombros e se senta desleixadamente perto de mim. — Feliz aniversário, Ruby.

Começo a rasgar o papel de embrulho e a me preparar para uma performance digna do Oscar de melhor reação ao presente-mala-sem-alça. Minha mãe costuma aproveitar todas as chances de me presentear com coisas típicas de meninas. Uma blusa azul-bebê com lacinho e mangas bufantes para disfarçar meus traços de menino. Um jogo de sombras para alegrar minha cara limpa. Um par de brincos que balançam entre meus cabelos escuros. Nunca me empolguei com suas tentativas veladas de me maquiar. É realmente estúpido continuar me dando presentes que eu jamais uso, porque, no fim, eu acabo indo até a loja trocar por coisas que são mais do meu estilo. Como camisetas de segunda mão de anos antes de eu ter nascido, jeans tão surrados que dá para imaginar o tamanho da carteira que ia no bolso do dono anterior, ou meias listradas com separações para cada um dos cinco dedos.

Mas minha mãe tinha me prometido que esse ano seria diferente. Que eu simplesmente "morreria" quando visse meu presente. Tinha sido tola até finalmente perceber que sua filha era diferente, mas este fora um momento de vaidade para uma mãe solteira apesar de sua filha não ser nada daquilo que esperavam que fosse. Só espero não desapontá-la. Afinal de contas, ela está tentando. E tentativas devem servir para alguma coisa.

[2] Betty Crocker é uma marca norte-americana de produtos alimetícios dos anos 1920 que se tornou um ícone.

— Leia o cartão! Leia! — diz minha mãe, resgatando-o do monte de papéis amassados que dispensei. Mas eu já estou abrindo a caixa, embasbacada.

Uma Polaroid! É cor de bronze e preta, com três fitas coloridas, vermelha, amarela e azul na frente. Há uma torre de quatro *flashes* em forma de cubo, como minidiscos empilhados no topo de cada um deles. Fios de náilon embalados em plástico no verso. Parece uma maravilha bem esquisita.

— Comprei-a na loja de artigos para fotos no West Market. Queria gastar as economias numa câmera digital, mas, quando vi a Polaroid numa prateleira atrás da caixa, sabia que seria sua. O vendedor disse que está em perfeitas condições, embora eu tenha usado meio rolo de papel-toalha para limpá-la. — Ela me dá dois rolos de filme e explica que são facilmente encontrados na CVS.

Depois de algumas tentativas, consigo colocar o filme na máquina. Então, visualizo e foco minha mãe e aperto o botão laranja. A cozinha se ilumina e a câmera range. Segundos depois, ela cospe um quadrado branco nebuloso.

Nunca tive uma câmera. Só aquelas bem baratas que se vendem nas farmácias. Sequer sabia que queria uma. Não são muitos os momentos da minha vida que valem a pena ser fotografados. Mas agora que eu tenho uma máquina, bem... não há presente melhor.

— Mãe... — mas ela me interrompe bruscamente com um shhhhhh, antes que o tom da conversa se tornasse meloso. Somos muito antimelô.

Minha mãe me restitui a foto e também um envelope. — Você deveria pelo menos fingir que está interessada nisso — aponta para a foto. — Ela não está chateada nem nada. Posso adivinhar pelo modo como sorri.

O cartão foi escrito num papel de carta cor de creme e está dobrado ao meio. Não há nenhum poema em estilo floreado no cartão Hallmark, como um roteiro dando voltas sobre como eu me tornei uma nova e verdadeira mulher blá-blá-blá. Sou muito grata porque os hormônios do melô não estão em nossos genes. Isto só torna as situações desconfortáveis. Especialmente com uma história como a nossa.

O cartão:

Ruby,
Construa memórias maravilhosas.
Com amor, sua mãe.

Olho para ela e sorrio, mas ela já voltou a lavar a louça. Sua foto ficou em cima da mesa. Mesmo pela metade minha mãe é tão bonita — um nítido contraste com o piso desgastado do chão da cozinha, um nítido contraste comigo.

Soa a campainha. Três vezes, velozes.

— Quem pode ser agora? — ela pergunta docemente. De modo cúmplice, pisca para mim, porque ambas já sabemos quem é.

Corro em direção à sala e me posiciono na mesa de café, longe da porta de entrada. Olhando pelo visor da câmera, tento conter o riso: — Está aberta!

Beth usa um cardigã *mohair* verde sobre um top cinza, jeans escuros colados e sapatos de couro marrom de bico fino. As pontas de seus cabelos ruivos ondulados estão presas para trás e seu rosto está marcado por um *blush* rosa vibrante. Ela põe os pés para dentro de casa, mas para de repente com a luz do *flash.*

— Surpresa! — grito, antes que ela me deseje feliz aniversário pela 15ª vez no mesmo dia. Beth foi a primeira pessoa a me ligar, à 00h01 em ponto. Ela comprou um *bagel* com ovos e queijo e mandou me entregar em casa. Cobriu meu armário com figuras de bolo de aniversário de um velho livro de receitas, jogou dois punhados de confete em mim na mesa do almoço e me forçou a amarrar balões nas alças da minha mochila. E tive que mantê-los amarrados assim por todo o dia.

— Ruby! — ela grita e pula para a frente e para trás. Sou uns 18 centímetros mais alta que Beth, então mantenho a câmera acima da minha cabeça, longe do alcance dela. Mas ela não tem medo de explorar minhas fraquezas. Ela me faz cócegas e eu recuo numa gargalhada.

Corro de volta à cozinha e Beth me persegue. Corremos em volta da mesa e ambas estamos gritando e rindo tão alto que os vidros nas janelas tremem. Beth só diminui o ritmo para dar um beijo no rosto da minha mãe.

Perco o fôlego, então descanso. Beth põe os braços em volta do meu pescoço e me joga no chão. Paramos para posar para a foto com a câmera na minha mão. Quando nossa respiração volta ao normal, seu rosto aparece na foto. Seus olhos castanhos estão bem abertos e sua boca, em forma de um perfeito O.

— Ah! Pareço você — ela diz, porque sou conhecida por fazer cara de boba em fotos em que todo mundo está sorrindo normalmente.

— Não parece não — respondi, apontando para minha boca de dentes separados. Uma herança de meu pai, que absolutamente detesto. O vão dos dentes da frente é tão largo que dá para passar uma moeda entre eles, como se eu fosse uma máquina de jogo. Os dentes de Beth são naturalmente perfeitos. Ela nunca usou aparelho, nem teve cárie. Eles são pequenos, juntos e brancos como chicletes. Mostro a língua para ela.

— Gosto do seu buraquinho entre os dentes. É bonitinho.

Viro os olhos.

— Você acha tudo bonitinho. Até cocô de cachorro.

— Cale a boca. Cocô de cachorro pode ser bonitinho — ela diz, casualmente. — Mas cocô de coelho é mais. — Ambas rimos e minha mãe nos chama de loucas.

Toca a campainha.

— Ah, deve ser a Katherine — afirma Beth, dando uma olhada no relógio de parede. — A mãe dela ficou de trazê-la depois do jogo de basquete.

Beth quer que surpreendamos Katherine com outra guerrilha de fotos, mas, de repente, me preocupo com os filmes na máquina. Além disso, Katherine me deixa nervosa. Mas Beth está se divertindo tanto, pulando tanto pra cima e pra baixo que quer fazer xixi, que acabo me rendendo aos seus caprichos. Ela puxa a alça do meu sutiã e eu caio na poltrona reclinável. A campainha toca novamente, dessa vez é um toque mais longo e impaciente. Quando Beth está abrindo a porta, pulo para a frente para assustá-la. Ambas gritamos até não poder mais.

O flash funciona, mas Katherine nem mesmo pisca. Em vez disso, inclina-se contra o batente da porta. Está vestida com calças amarelas e camiseta azul-marinho e amarela do time de basquete da escola. Seus lábios rachados enrugam em torno de um filtro marrom e ela traga profundamente seu cigarro antes de jogá-lo no jardim do meu vizinho.

— Eu poderia matar meus pais de verdade — ela diz. Uma mistura de fumaça e hálito quente se forma no ar.

Nós três vamos até a cozinha enquanto Katherine recapitula uma história maluca sobre seus pais, que discutiram a respeito de quem teria direito à metade do sofá. Beth passa-lhe um copo d'água. Eu observo tranquilamente a cena à minha frente. De cabelos lisos e louros e olhos azuis, Katherine é muito bonita para uma fumante.

Beth quer ajudar minha mãe a dispor as velinhas no bolo, então toca levemente os ombros de Katherine a fim de guiá-la até seu assento. É bem estreita a cozinha: Katherine dá passagem, mas não é o suficiente para Beth passar. Em vez de pedir outra vez, Beth dá a volta pelo outro lado. Acho que Katherine nem percebeu. Ela apenas olha ao redor com curiosidade.

— Uau! Essa é a menor cozinha que já vi!

Tudo bem. A garota nunca esteve na minha casa antes.

— Bem, é que... — digo e paro por aí. De qualquer modo, ela está certa. A cozinha é pequena. Tivemos que colocar a geladeira na despensa e o forno está cheio de panelas e tigelas. Quando quero comer um *muffin* inglês ou um *waffle* congelado, tenho de recolher as facas e dispô-las na mesa para abrir espaço para a torradeira no balcão. Não é como a nossa casa velha, mas Katherine não sabe disso.

Katherine tem saído conosco nas últimas semanas, desde que Beth a encontrou chorando no parapeito da janela do banheiro das meninas, na escola, e ela disse que nenhuma das suas colegas entendia pelo que ela estava passando agora que, finalmente, seu pai tinha decidido sair de casa. Aparentemente, Katherine tentou ter uma conversa franca com algumas das colegas do time de basquete. As meninas ouviram a história pontuando-a com piadinhas e acenos para os carros que ultrapassavam o ônibus em que estavam. Quando Katherine terminou de contar, elas a lembraram de que, como capitã do time e melhor jogadora, teria que se concentrar na quadra para que o time de Akron High vencesse o Barbeton. Então, Katherine esqueceu tudo e jogou a melhor partida do campeonato. As jogadoras a parabenizaram pela vitória, entraram no ônibus, colocaram seus fones de ouvido e não disseram mais nenhuma palavra. Ninguém se importava com seus problemas familiares tanto quanto se importava com cestas de três pontos. Foi então que ela decidiu fazer novas amizades.

Naquele dia, no intervalo das aulas, Beth contou-nos a história. Achei esquisito que Katherine se abrisse com uma estranha, mas, de qualquer modo... Beth disse que não poderíamos virar as costas para ela, mesmo se Katherine não se encaixasse perfeitamente em nossa dinâmica de grupo.

— Quem disse que não? — afirmei do modo mais estúpido que pude quando Beth trouxe o assunto. Maria riu, e mesmo Beth tentou sorrir. Afinal de contas não estávamos procurando aumentar o número de integrantes do nosso grupo. A adesão de Maria à nossa dupla, no ano passado, quando o diretor decidiu que Beth seria sua sombra, me deixou estressada. Claro, no final correu tudo bem. Maria gostava das mesmas coisas que a gente: lojas baratas, rock e "admirar" o quanto podem ser estúpidos os garotos populares. Mas eu ainda sinto calafrios quando preciso me acostumar com alguém novo. Katherine foi uma história diferente, no fim das contas. Não tínhamos nada em comum com ela. Ela estava se formando e nós estávamos no segundo ano. Ela era popular (ou, ao menos, tinha sido até há bem pouco tempo), atleta e bem bonita. Nós, bem, nós não éramos. Tinha uma intuição de que Katherine não valeria a pena.

Entretanto, mais tarde, perto do meu armário, Beth afastou uma mecha dos meus cabelos e sussurrou em meus ouvidos que eu sabia melhor do que ninguém o que Katherine estava passando com sua família e que eu, provavelmente, poderia ajudá-la muito.

Senti-me ridícula. Especialmente ao me lembrar do quanto Beth tinha sido maravilhosa comigo e o quanto tinha me ajudado no meu drama familiar. Nem posso imaginar como teria sido se não tivesse uma amiga assim a meu lado. Então, eu tentei, muito por causa da Beth. Mas também por causa da Katherine, eu acho. Embora ela não facilitasse nada.

O cascalho é danificado pelos pneus do carro na entrada da casa. Pego minha câmera de novo e vou para perto da porta. Dessa vez, eu me agacho no carpete e miro a caixa de correio lá fora. Quando Maria está subindo as escadas, tiro a foto. Seus joelhos estão escuros, machucados e parcialmente escondidos por uma polaina de listras vermelhas.

Maria me sopra um beijo e caminha para a porta vestida com um casaco de gola com pelo de animal e passa o celular de um ouvido para o outro.

— Você não pode vir. Eu te avisei. Nada de meninos hoje à noite! — ela grita, bate o telefone e continua, virando os olhos. — Que cara chato!

Concordei para ser simpática, mas a verdade é que Maria conversa com tantos meninos que não faço ideia de a quem ela está se referindo dessa vez. Talvez seja ao tal de Davey que se formou no ano passado e trabalha na Square Records. Eu a vi de relance, ontem, com ele, no estacionamento da escola, enquanto me dirigia para o departamento de Ciências para estudar durante meu horário de almoço.

Duvido que tenham me visto. Sou muito silenciosa.

— Que câmera legal! É com certeza uma relíquia — diz Maria, piscando o olho e mexendo os dedos agitadamente. Ela se inclina e sussurra em meus ouvidos. — Você deve estar louca pra fazer alguma coisa hoje à noite. Então, vamos acabar logo com essa história de bolo de aniversário e cair fora, certo?

Volto para a cozinha. No caminho as luzes se apagam. Minha mãe colocou o bolo iluminado numa cadeira. Sento-me e olho para os quatro corpos que preenchem a pequena cozinha. Beth tira uma foto de mim com a câmera nova e pela primeira vez sorrio o sorriso mais largo, sincero e natural possível.

— Parabéns pra você... — canto alto e desafinado. Até mesmo minha mãe está cantando alto, com os braços em volta de Beth. O cômodo pequeno está tão barulhento que quase não escuto a campainha.

Há cinco pratos, cinco pessoas, não tem ninguém faltando.

Sou detida pelo bolo de aniversário — meu corpo está colado à mesa, as costas da cadeira estão encostadas ao armário. Katherine, que está mais na ponta, agarra a câmera e vaza para a sala no meio da canção.

De repente, tenho 5 anos. Não quero que ela brinque com meu brinquedo.

A campainha soa de novo.

— Será Davey? — Arrisco, para Maria.

— Talvez um protesto contra a exclusão da lista de convidados — diz, contraindo os ombros.

Beth continua sorrindo e alonga o "viiiiiiiiida" o mais que seus pulmões podem sustentar.

As velinhas tremem como a incitar um desejo. Tomo fôlego, mas me distraio com um *flash* que estoura na sala.

Katherine está de volta e joga para mim a Polaroid como se fosse um disco de praia:

— Visita pra você.

As feições começam a se revelar nas minhas mãos. Apenas preciso distinguir o vão entre os dentes para saber quem é.

Meu pai.

Um homem alto e magro se aproxima e seu corpo atinge o batente da porta, um charuto apagado na boca. Carrega um maço de flores cor-de-rosa. Acho que são cravos. O maço está envolvido por plástico e seguro por um elástico vermelho sujo, como os buquês que se compram em postos de gasolina ou lojas de conveniência, quando você não planeja direito que tem que passar na floricultura.

Ele limpa a garganta com uma tosse gutural e olha para o bolo de aniversário.

— Feliz aniversário, Rubes — diz, sem olhar para mim.

— Obrigada — sussurro e me livro de um pedaço de muçarela que restou do jantar sobre a mesa.

Geralmente, pensava no que diria a meu pai da próxima vez que o visse. Não nos últimos anos, mas sim quando eu era criança e as coisas eram realmente confusas. Até escrevi uma carta-que-não-seria--jamais-enviada, aos 10 anos, seguindo a orientação de um professor, que pensou que estava me ajudando com meus problemas. Tinha quatro páginas, frente e verso, escritas em papel de embrulho cor-de-rosa. Não me lembro direito o que escrevi e nunca vou ter certeza porque Beth e eu colocamos a carta dentro do micro-ondas até ela pegar fogo, para que eu nunca mais a encontrasse e me entristecesse. No entanto, tenho certeza de que nunca escrevi "obrigada".

Minha mãe acende a luz e tudo está muito claro e real. Pisco algumas vezes, meio esperando meu pai desaparecer.

— Jim — ela diz, no mesmo tom de surpresa que diria a um vizinho que encontrasse no supermercado. Eu me contraio pelo ódio de que ainda exista algo de amistoso em seu tom de voz. — Você deveria ter ligado. Você... — seu rosto fica entre um sorriso e um franzir de testa enquanto ela tenta terminar a frase. Há muitas opções.

Ele aperta as flores e amassa o papel celofane.

— É, eu pensei nisso... — Ainda parado à porta, o peso de seu corpo passa de uma bota suja para outra bota mais suja ainda. Tem medo de entrar na cozinha e é tarde demais para correr.

Todos esses sentimentos em banho-maria estão se agitando e, francamente, não posso impedir nenhum pensamento doloroso.

Maria sussurra para Katherine: — Acho que é o pai dela.

— Quem? — irrompe Katherine. Maria tapa a boca dela com a mão.

— Queria te dar uma dúzia de flores — disse meu pai, ignorando meus amigos e candidamente estendendo o buquê na minha direção.

Mas não explica por que são somente seis.

Beth se afasta da mesa, pois a cena é muito intensa para ela permanecer tão próxima. Cerramos os olhos por um momento e silenciosamente imploro-lhe que me diga o que fazer a seguir. Ela sempre tem todas as respostas, está sempre pronta a me ajudar nos momentos difíceis. Preciso dela agora mais do que nunca. Mas seu rosto está congelado. Ela nem ao menos pisca.

Os olhos de meu pai finalmente repousam no meu rosto. Todos estão olhando para mim então. Esperam, pacientes, que eu dê a deixa. Que essa festa surpresa em família seja meu desejo de aniversário se concretizando. Mas as velinhas ainda estão acesas e, realmente, eu sequer me lembro da última vez que o vi. Então mentalizo um desejo para que ele continue no esquecimento e assopro as velinhas.

— Rubes — repete. O buquê pende um tanto para a frente. — São para você — balbucia com ansiedade. Como se eu devesse algo a ele. Parece engraçado, porém, não quero rir. Quero gritar.

— Obrigada! — digo a plenos pulmões, que estão bem vivinhos da silva. Os pés da cadeira estão firmes no chão, então tenho que me espremer para sair dali. As fotos que tirei estão salpicadas de cera de vela e sorvete.

Alguém suspira. Talvez todos. O tom alto da minha voz me apavora. A única palavra que posso pensar e repetir é: obrigada. Obrigada. Obrigada. O mais alto possível, entre golpes de ar. Cada palavra coincide com um tremor na cozinha até que vou até meu pai e, finalmente, estamos cara a cara.

Perto dele, percebe-se quanto sou alta. E vejo mais de mim em sua cara do que o vão entre os dentes. As feições do nariz, os olhos verde-claros, o beiço ridículo. Não quero observar esses detalhes. Não quero me assemelhar a ele de jeito nenhum.

Arranco as flores da mão dele. Algumas se quebram, pétalas caem. Estamos quase queixo contra queixo. Só posso respirar aquilo que exala da sua boca parcialmente aberta. Tem um cheiro picante como charutos. É tão forte como se ele estivesse soprando nuvens na minha cara.

Cerramos os olhos e não ouso piscar. Quero que ele se arrependa de ter vindo.

Ele enxuga os olhos com a manga do casaco de flanela. Ele se arrependeu.

Deixo cair o buquê e saio correndo dali.

— Ruby! — grita minha mãe.

Lá fora o ar frio de outubro fere meu rosto como mil pequeninas agulhas. Meu corpo pulsa igualmente adrenalina e constrangimento. Por um instante, não sei o que fazer. Para onde ir.

A porta da frente se abre atrás de mim. Viro-me e Maria se aproxima, chaves na mão. Em seguida, Beth, segurando um moletom. E depois Katherine. Permito-me um leve suspiro. Vamos até o velho Volvo laranja de Maria, e ela tenta arrancar o carro com o pé na embreagem.

Uma velha picape azul nos impede de seguir adiante. Assim que o carro pega, Maria desvia para o jardim da frente de casa e manobra o carro, deixando marcas no gramado e no solo fofo. Pulamos o meio-fio e os pneus cantam no asfalto.

As mãos de Maria estão firmes na direção:

— Meu Deus! Você o apavorou!

— Corta essa! Você me apavorou — diz Katherine, tentando arrancar um cigarro do maço.

Maria olha através do espelhinho que está esganado entre centenas de árvores de bom ar balançando violentamente de um lado para o outro.

— Não acredito que ele está nos seguindo — afirma, fazendo uma curva muito rápido. Ela diminui a velocidade e respira fundo. — Isso foi uma loucura!

Eu estremeço toda. Não sei o que dizer então me concentro na respiração.

Beth ajeita o moletom nos meus ombros.

— Esperei por esse momento seis anos, desde que seu pai saiu de casa.

Então percebi. Tinha acabado. Finalmente tinha fechado o ciclo — definitivamente, o melhor presente de aniversário. A escuridão dos meus pensamentos deu espaço para uma claridade, um sentimento honesto que não quero mais esconder.

Quero comemorar.

Capítulo 2

Maria vira à esquerda na rua Copley, principal avenida de Akron. Dirige por alguns minutos até que o néon de uma casa de boliche desabrocha do chão. Estamos perto de Akron Pinz e eu estou pronta para salvar o que restou da noite do meu aniversário. Sinceramente não me importo com mais nada.

Akron Pinz é um lugar onde as pessoas se reúnem no fim de semana. É um imenso estacionamento, o que é fundamental para identificar quem quer que seja a qualquer hora. É também um bar sujo, com alguns fregueses que podem nos importunar, ou pior, dedurar nosso comportamento grotesco. Mas o melhor de tudo é a pista de boliche, que acaba em um parque grande e denso, o que nos fornece camuflagem natural.

O lugar está totalmente deserto hoje, exceto por uns dois ou três carros estacionados embaixo do poste. Passamos por eles e estacionamos adiante, bem no final do estacionamento, perto de um *playground* com brinquedos de madeira, construído em memória de uma criança que morreu de câncer há dois anos. Sempre deixam flores na cerca. Geralmente não as noto, porque é muito deprimente. Mas hoje elas chamam minha atenção. São iguais às que meu pai havia me dado, embora sejam brancas.

Beth e eu chutamos dois balanços de pneus, enquanto Katherine vai até o trepa-trepa. Maria desmonta sobre um banco à nossa frente, seu rosto está indistinto pela escuridão. Dá pra ver um pedaço da sua calcinha de seda roxa acima da saia jeans.

— Então, o que vai rolar hoje? — pergunto a Maria, apontando sua mochila. Está parcialmente aberta e alguns sacos plásticos estão à mostra.

— Vamos comemorar ao estilo das lojas de 1,99? — Tenho certeza de que meu tom de voz é de uma animação suspeita.

Maria hesita e põe a mochila no colo, como se não tivesse certeza de que deveria ignorar o que acabara de acontecer na minha casa, ainda que a adrenalina já tivesse baixado. Então, Beth para de se balançar, corre até Maria e lhe dá um pequeno empurrão. Com a bênção de Beth, Maria não pode mais conter o sorriso afetado no canto da boca. Ela abre a mochila e tira uma garrafa de champanhe verde-fosco. Uma dúzia de fitas cor-de-rosa está amarrada ao gargalo.

— Nossa! Onde é que você arranjou isso? — na verdade, eu nunca bebi, com exceção da vez em que tomamos um par de latinhas de cerveja morna na garagem da casa de Beth, durante o churrasco em comemoração ao 4 de Julho[3]. Era a primeira vez que tomaria algo sofisticado.

— Nada é suficientemente bom para o seu aniversário de 16 anos! — Beth tem a garrafa nas mãos delicadas. A rolha explode para a escuridão da noite. — E lembre-se: semana que vem é o meu aniversário.

Katherine rouba-lhe a garrafa e oferece-a a mim com uma série de malabarismos e salamaleques; todos riem, até eu. — Agora, sério: o chefe da minha mãe deu de presente para ela em reconhecimento a um fim de semana em que ela redigiu um relatório. Sorte a nossa! Eu era a única em casa quando o cara fez a entrega — ela diz.

— Não é o máximo? — diz Beth, pulando atrás de Katherine. — Definitivamente a gente devia fazer isso mais vezes.

Levei um segundo para tentar traduzir o rótulo e daí me lembrar de que quase não passei em francês no ano passado. Tomo um gole bem grande para comemorar. As bolhas com gosto de maçã enchem minha boca mais do que eu esperava e eu entorno a bebida, derramando um pouco na camiseta branca.

— Boa — diz Katherine, fazendo um escudo com a mão para acender o fósforo em meio ao vento.

[3] Dia da Independência dos Estados Unidos. (N. T.)

Mandam-me sentar e beber enquanto minhas amigas montam uma festa à antiga, do tipo que menininhas preparam na primavera. Meus pensamentos vão de volta à minha casa em busca do que podia estar acontecendo entre minha mãe e meu pai, mas não fico nessa. Em vez disso, olho em volta e percebo os detalhes daquilo que está acontecendo ao meu redor. Maria pendura bandeirinhas nos galhos baixos. Katherine amarra *piñatas*[4] em forma de estrela no trepa-trepa. Beth cola uma figura do burro sem o rabo em um galho retorcido. Queria ter trazido a câmera. Quero ter certeza de que será isso de que me lembrarei sobre essa noite.

— Não acredito que vocês tiveram todo esse trabalho por minha causa — digo, tomando outro gole. A garrafa está quase pela metade. Acho que preciso diminuir.

— Não acredito que vocês ainda querem comemorar — afirma Maria, numa voz calma, jogando uma fileira de bandeirinhas sobre um galho baixo. — Não é que eu queira saber de toda a história, mas o que foi aquilo tudo?

— Não tenho ideia — respondo e ponho os braços para dentro do moletom.

Beth rasga um pedaço de fita adesiva com os dentes.

— Todos os homens são iguais. É como se eles tivessem um radar. Quando eles acham que a gente está em outra, eles aparecem de novo só pra nos confundir — ela interrompe para tomar um gole. — Pete Southern fez a mesma coisa depois de um mês que tinha terminado comigo. Mas era muito tarde para que eu o perdoasse, certo, Ruby?

Pete foi o primeiro e único namorado de Beth. Eles namoraram dois meses ano passado e o repentino rompimento foi um golpe duro para ela. Acho que há algumas semelhanças. A ponta do meu nariz está tão fria que enfio a cabeça na camiseta como uma tartaruga. Ainda dá para distinguir Beth através do tecido fino de algodão.

Ela chega mais perto de mim:

[4] Enfeite para festas que pode ser feito de papel-machê ou outro material, originário dos países ibéricos e bastante comum nos Estados Unidos. (N. T.)

— Ruby, você sabe que não existe desculpa possível para ele ter abandonado a você e a sua mãe.

É verdade. Meu pai é um perdedor e não é merecedor de nem um minuto do dia do meu aniversário. Mas não quero iniciar uma discussão. Vou até o balanço novamente.

— Tudo parece tão casual — diz Maria. — Acho...

Beth a interrompe com um suspiro profundo:

— A pior coisa que pode acontecer é deixarmos que ele estrague o aniversário de Ruby.

— Concordo plenamente — digo, tomando impulso com as pernas. — Caso encerrado. Acabou. Então vamos mudar de assunto, tá bom?

Katherine coça uma ferida no cotovelo:

— Mas por que seu pai saiu de casa?

Beth levanta um dedo para o ar:

— Tá certo. Peraí. Se a gente vai continuar a falar disso, ninguém pode se referir a ele como pai de Ruby. Porque ele não é. Ele é um estranho.

É bem esquisito ouvir alguém se referir a seu pai nesses termos. Mas Beth está certa. Ele sumiu por um bom, bom tempo, e não posso me esquecer disso.

Katherine vira os olhos:

— Bem, como podemos chamá-lo então? Qual é o nome dele?

— É Jim — respondo.

— Certo. Por que Jim saiu de casa?

Maria se agita.

Não vai ter mesmo jeito de eu esconder que estou possessa, então nem tento... —Não sei, Katherine. Acho que ele não amava mais a minha mãe. — Que pergunta mais estúpida!

— Ele não paga pensão para os filhos, paga? — Maria arrasta um galho em meio à sujeira.

— Não — acho que a gente recebia algum dinheiro antes, mas isso foi há um bom tempo. É por isso que minha mãe está sempre fazendo hora extra no hospital.

— Bem, talvez isso seja um incentivo pra sua mãe partir pra outra — Maria cruza e depois descruza as pernas. — Quero dizer, ela é uma supergata e ela não tem namorado, né?

A cena da festa gira na minha cabeça enquanto vou balançando cada vez mais alto.

— Não, não tem.

Mantenho o tom de voz o mais estável possível para que Maria e Katherine percebam que isso é uma festa e não uma sessão de terapia. Maria me lança um sorriso de desculpas e volta a dispor as bandeirinhas.

Sinto-me mal por um instante. Sei que Maria tem um monte de perguntas a fazer sobre minha situação familiar. Talvez seja estranho que nunca tenhamos falado sobre isso, embora eu a considere uma amiga íntima. A coisa toda é que não tenho nada a dizer. Meu pai saiu de casa, minha mãe ficou desolada, fechada em si mesma e eu pirei um pouco tentando resolver tudo sozinha. E enfim consegui, com a ajuda de Beth. A história toda acabou hoje, quando saí por aquela porta. O começo já não interessa.

O balanço vai para trás e meus cabelos estão na minha cara. Quando estou no alto, Katherine torna-se um alvo diante de mim. A ponta do meu tênis toca algumas lascas do galho de madeira na tentativa de evitar atingi-la. Tudo o que acontece ao redor tem um atraso de três segundos.

Estou bêbada pra valer.

Katherine franze a testa pensando seriamente:

— Mas e você, Ruby?

Uso o tênis para podar os galhos. Minhas mãos estão grudentas nas correntes de metal. E eu?

— Ele não amava mais a sua mãe, já entendi, mas por que seu pai abandonou você?

Katherine deve ter me atingido o peito. Não consigo respirar.

— Não foi bacana, Katherine — solta Maria, virando os olhos.

— Não foi mesmo — diz Beth.

Katherine se inflama:

— O quê? Foi uma pergunta válida. Muitas pessoas se divorciam, mas ainda assim não se afastam dos filhos. Quero dizer, é por isso que meu pai saiu de casa, mas ainda mora na cidade.

Beth corre para perto de mim.

— Katherine, sua situação é completamente diferente... — ela começa, mas seu celular toca. Ela tira o celular do bolso e mostra o visor pra mim.

É o número da minha casa.

Digo que não com a cabeça, impedida de falar. Ela passa o celular para Maria, que se afasta na direção da cerca.

— Escute. Nada disso é sobre Ruby — diz Beth. — Jim está na crise da meia-idade. Ele está tentando se recuperar para continuar sua vida em outro lugar.

— Claro — concorda Katherine calmamente, antes de tombar a cabeça e tomar um grande gole de champanhe. — Acho que é isso mesmo.

— E é isso mesmo — Beth insiste. — E a melhor parte da história é que Ruby não caiu na dele. — Ela me dá um tapinha nas costas. — Hoje aconteceu o melhor que poderia ter acontecido a você, Ruby, tenha certeza.

Maria volta com um bando de bandeirinhas atrás de si. Força um sorriso.

— O que a mãe dela disse? — pergunta Beth.

— Ela queria ter certeza de que Ruby está bem. E que a gente vai voltar antes da meia-noite. Ela parecia bem normal; não tava chorando nem nada.

Não é surpresa nenhuma. Minha mãe não chora na minha frente. Então não ia ficar choramingando pra Maria. Mesmo assim, deve ter sido difícil para ela ver meu pai.

— Ele ainda estava lá? — perguntei, recuperando a voz. Porque vê-lo sair de casa de novo seria ainda pior.

Beth vira a cabeça de lado:

— Você quer que seu pai esteja lá?

Há algo na pergunta de Beth que parece que ela está zombando de mim. Pode ser que a resposta tatuada em meu coração seja "talvez". Ou "sim". Mas eu me controlo para responder o que é melhor pra mim, que sei que é certo, que sei que é racional.

— Não, não quero.

Beth me dá um abraço como recompensa.

— Bom, ela não disse nada sobre isso. Desculpe, Ruby, eu deveria ter perguntado — acrescenta Maria.

Devo estar patética. De mau humor e curvada, brincando de balanço como uma criança pequena. Beth pisa no meu tênis. Pega minhas mãos e balança meus braços. Então, inclinando o corpo, ela me levanta do brinquedo.

— Seria uma amiga terrível se a gente não se divertisse hoje. Então vamos nos divertir e deixar tudo isso para trás.

A hora que se seguiu foi ótima. A gente dançou quando Katherine parou no farol e aumentou o rádio. A gente passou um trote em todo mundo que constava na memória do telefone de Maria. Me deram presentes. Beth tricotou para mim um cachecol estreito de lã cinza com laços amarelos. Claro que é a coisa mais bonita que já ganhei. Maria comprou para mim uma camiseta na Revival, a loja *vintage* da cidade. Katherine não me deu nada, mas desenhou um vale-CD num guardanapo que encontrou no porta-luvas do Volvo. Depois do último trago de champanhe, eu roubo na brincadeira de pôr o rabo no burro e ainda assim perco. Todo mundo brinca com a *piñata* e um galho quebrado. Katherine finalmente a destroça com uma ferramenta que ela encontrou no porta-malas. A gente briga no chão para pegar os doces, as pulseirinhas de plástico e umas superbolas de borracha deslumbrantes que despencaram.

Gasto toda a minha energia para me convencer de que estou me divertindo. E que, no fim das contas, eu não o magoei. E no caminho de volta, estou colada ao vidro da janela do carro. Posso ouvir o que estão conversando, mas não tenho ânimo para participar.

— Você gostou do champanhe, aniversariante? — Maria mexe no meu cabelo e parece um ciclone no couro cabeludo.

— Mais do que deveria, acho — responde Beth, alisando a minha franja e prendendo-a com grampos.

— Eu amo vocês — murmuro.

— Isso é efeito da bebida — Maria brinca.

— Tome isso — percebo um cheiro forte de menta. Abro meus olhos turvados e Katherine me passa dois pedaços de chiclete e um antisséptico bucal.

— Sua mãe não vai perceber que você bebeu. Confie em mim. Sempre dá certo.

Com muito esforço, agradeço.

O Volvo atravessa um trilho de trem e já chegamos à minha rua. Um respeitoso silêncio nos encobre enquanto avistamos minha casa. Cubro os olhos com as mãos, mas acabo afastando os dedos. A casa está às escuras, a garagem está vazia.

Antes de se despedirem, todas me convidam para dormir com elas, no caso de eu não querer entrar em casa. Recuso com alguns murmúrios e resmungos, porque afinal não tenho do que fugir.

Pego a chave reserva que fica no alpendre e me arrasto para dentro de casa. A televisão no quarto de minha mãe está ligada. Ela não quer conversar, só quer saber se estou sã e salva. Deixo que ela me ajude aceitando um copo de água e bebendo-o do jeito mais barulhento que alguém possa imaginar.

As fotos Polaroid estão empilhadas perto do cinzeiro na cozinha. Só há uma ponta de charuto mastigada dentro dele, mas todo o cômodo exala como uma chaminé. Limpo o cinzeiro e penso em jogar fora as fotos também, pois sei que entre elas tem uma de Jim. Por fim, desisto e escondo tudo na gaveta onde está a prataria, caso esta noite seja mesmo a última vez que o veja.

Ao pensar nisso, ou pode ser pelo cheiro de fumo, começo a chorar.

Abro a janela antes de ir para a cama porque, definitivamente, na manhã seguinte não quero mais sentir esse cheiro.

Capítulo 3

De repente, sua partida parece precipitada.

Estava no chão da sala dentro do saco de dormir, com os cabelos presos em marias-chiquinhas, tentando assistir à *Annie* pela milésima vez. Digo "tentando" porque meu pai não parava de passar na frente da TV e impediu que eu visse todos os melhores números musicais. Quando eu já estava quase estourando de tanto tédio, vi que ele pegava seus últimos discos empoeirados da estante.

Tudo isso me pareceu muito esquisito porque os discos eram antigos e eu nunca os tinha ouvido. Na verdade, a gente nem mesmo tinha um toca-discos. Então, rastejei atrás dele até o quarto, para investigar.

Minha mãe tinha forçado a passagem no pequeno espaço entre o criado-mudo e a penteadeira. Suas costas estavam contra a parede como se ela fosse uma criminosa, fora do alcance de meu pai.

Observamos meu pai juntar o restante de suas coisas dentro de uma sacola supercheia. Duas malas grandes já tinham sido feitas e estavam à porta. Minha mãe não chorava nem fazia nenhuma cena. Só estava imóvel como uma estátua, as mãos entrelaçadas sobre a roupa de enfermeira. Ela sequer percebeu minha presença, quando nosso olhar se encontrou por alguns segundos.

Embora já tivesse escurecido e fosse inverno, corri para fora, desenfreada. Meus pés tocaram o chão congelado e coberto de neve que ninguém ainda havia tocado desde a última tempestade. Pulei na capota do caminhão azul e me sentei com as costas voltadas para o para-brisa congelado. O vento gélido entrava pelo meu pijama fino.

Eu tremia e tremia, mas não iria arredar o pé dali. Tinha de impedi--lo de sair de casa.

A neve caía impiedosamente nas suas botas. Meu pai largou suas coisas no caminhão. Ele me disse duas vezes para descer, mas não ouvi. Lágrimas quentes corriam por meu rosto.

Quando seus braços me alçaram da capota, eu me fingi de morta. Era uma brincadeira que fazíamos quando eu era pequena. Mas em vez de me fazer cócegas ou fingir uma luta, meu pai me pôs no chão como se não fosse nada. E sem dizer palavra, partiu com o carro.

▲

Capítulo 4

O cheiro salgado do café da manhã invade meu acolchoado, onde estou enterrada, os olhos semicerrados. O sol forte ilumina e aquece o quarto e me cozinha na cama.

Mas estremeço, como se ainda tivesse frio, na capota do caminhão. Não tinha mais pensado naquele dia, mas agora estou revivendo-o nos mínimos detalhes até perder o fôlego. Não é como num sonho ou *flashback* em que as coisas parecem ser leves, e turvas, e confusas. É diferente. É tão real e doloroso como naquele dia. Escovo os cabelos úmidos e afasto as cobertas.

Minha mãe está à cabeceira da cama, olhando fixamente para mim, já vestida de enfermeira. Tem olheiras profundas, embora tenha passado um pouco de maquiagem para escondê-las. Não deve ter pregado o olho. Provavelmente eu também não teria dormido se não tivesse perdido os sentidos em cima do travesseiro depois de rezar pedindo para não vomitar. Nunca mais vou beber.

Ela está segurando um prato com muitos ovos mexidos, torradas e uma grande fatia de bacon. Um copo grande de água e um analgésico debaixo do braço. Nem me lembro quando foi a última vez que ela preparou café da manhã para mim e, nesse momento, não confio na minha memória. Minha cabeça está me maltratando ao amplificar, a níveis insuportáveis, o ritmo dos passos de minha mãe pelo carpete.

— Você dormiu em cima do despertador. Tive de vir aqui de manhã e desligá-lo.

— Me desculpe — digo, alcançando o copo d'água e o analgésico. Minha língua é uma laranja seca descascada ao pressionar dois comprimidos no céu da boca. Engulo.

Mamãe joga o peso do corpo da esquerda para a direita. Os ombros e os cabelos acompanham o movimento.

— Liguei para a escola e disse que você não ia, já que são quase duas da tarde.

Os pontinhos vermelhos do relógio digital estão gordos e indistintos no visor. Sinto-me pesada, afundada no velho colchão, mas não estou confortável. Minha mãe limpa o criado-mudo e pousa o prato. Continuo engolindo água até esvaziar o copo e, então, troco-o pelo garfo que ela traz no bolso.

— É certo que sua mãe já sacou que você chegou em casa bêbada e isso não é um comportamento que se espera que se torne cotidiano.

Falar em terceira pessoa é o modo de minha mãe me chatear, outro jeito de nos afastarmos.

Minha cabeça dói, mas eu aceno, concordando.

— Boa resposta. A ressaca vai ser sua punição. Você pode considerar esse dia de liberdade como um presente de aniversário atrasado. Mas saiba que se isso acontecer novamente vamos combinar que não haverá dia seguinte — ela põe as mãos nos quadris e espera que eu agradeça tanta consideração familiar. Então, murmuro:

— Humm... obrigada.

Ela dá um sorriso afetado:

— Foi um longo discurso aquele de ontem à noite. Pelo menos agora seu pai sabe que eu criei uma adolescente bem-educada.

É assim que são as conversas entre mim e minha mãe. Falas sarcásticas como fumaça e espelhos, então a gente pode conversar sobre algo sem nem ao menos tocar no assunto. Um soco na memória. Vejo faces estúpidas diante das velinhas do bolo, a garganta sensível depois do discurso cortês, ouço o papel celofane sendo amassado. Ele esteve aqui, mas foi embora. De novo.

— Em primeiro lugar, ele não é meu pai. — Meio que esperei que ela o defendesse, mas ela não disse nada. — E o que ele queria que eu dissesse? "Oi! Ah, isso é constrangedor, qual é mesmo seu nome? Ah, é claro, Pai. Quase não te reconheci! Quer um pedaço de bolo?" — Um resto de ovo desliza no prato. Ainda devo estar um pouco bêbada.

Minha mãe vai até a janela e a abre. Me alegro com seu perfume forte que invade o quarto, e o primeiro pedaço de comida que provo é como uma pétala amadurecida. O vento de outubro entra e dança um tango com o ar quente do aquecedor. Ela fica lá por um minuto, observando o jardim da frente de casa.

Ainda de costas para mim, diz:

— Não sei o que ele esperava nem vou adivinhar. Mas é óbvio que ele queria te ver.

Suas palavras ficam cada vez mais frias à medida que vão pelo ar. Talvez ela tenha ciúmes, porque ela é a única que ainda realmente se importa com ele. Pelo menos, eu tive uma amiga com quem contar. Minha mãe só tem o trabalho e umas conversas constrangedoras comigo.

— Bem, ele teve o que merecia — eu disse, entre mordidas na torrada. — Agora, ele pode voltar para onde esteve escondido por mais seis anos, porque nós não precisamos dele.

Ela se volta para me encarar e lutamos contra um sorriso fraco. Ela recolhe as toalhas do cesto de roupa suja enquanto como, e ambas ignoramos o silêncio desconfortável que está no ar. Como sempre. É quase bom.

Minha mãe fecha o cesto e sai. Minha garganta, de repente, se estreita e forço um pedaço de bacon goela abaixo. Algo está travado na garganta e não é comida.

— Então, ele te contou alguma coisa ontem à noite? Tipo... onde esteve nos últimos seis anos? — Minha voz é seca e aguda. Nem parece minha.

Minha mãe controla a distância entre si e a porta do meu quarto. Dá de ombros e solta um suspiro:

— Bem, sim.

Levanto-me muito rápido e meu estômago me pega de surpresa, revolvendo champanhe. Minha mãe se senta no acolchoado. Seu lábio superior se enruga sobre os dentes da frente. Espero pacientemente e evito qualquer contato visual.

— Seu pai foi morar no Oregon.

— Oregon?

— Sim. Estava lá até a semana passada. — Seu tom de voz é equilibrado. — Ele é um guarda-florestal.

Eu estava tentando montar o quebra-cabeça. Como unir as peças "Oregon" e "guarda-florestal" com tão pouco que sabia sobre Jim? Eram gotinhas na neblina do que tinha acontecido. Não sabia como montar. Nem mesmo sabia se me importava com isso.

Passam-se alguns segundos até que digo:

— Guarda-florestal? No Oregon?

Ela rói as unhas pintadas de rosa.

— Mãe.

— Ruby — ela imita o meu timbre de voz e então gira o corpo em 360 graus. — OK, tudo bem. — Ela parece cansada e chateada. Mas não por causa da conversa que está tendo comigo. Remexo um pouco sob o acolchoado e deixo que ela continue:

— Depois que você saiu, ele se sentou e perguntou se podia fumar.

Mexo o nariz: — Você deveria ter dito não.

— Eu realmente não sabia o que fazer. As mãos dele tremiam tanto... Ele usou meia caixa de fósforos até acender o charuto. Foi tudo muito esquisito e silencioso, então eu peguei a pá de lixo e joguei fora as flores. Mas perguntei onde ele tinha estado. Ele respondeu que morou no Oregon e trabalhava como guarda-florestal. E que agora se preparava para algo novo. — Seus cílios batendo escondem os olhos. — E ele me disse: "Peça desculpas a Rubes por eu ter estragado sua festa de aniversário". E depois foi embora.

Suava frio:

— Foi isso?

Não pode ter sido só isso.

— Não faça cara de surpresa. Você já devia saber que seu pai não é muito bom em pedir desculpas. — Ela tenta uma risada, pois, afinal, não está bancando a durona. Só está sendo honesta.

Preparo uma série de perguntas que estavam presas na minha garganta.

Minha mãe sacode o braço até que o relógio de ouro se ajeite no pulso. Ela controla o horário e me diz que tem de se preparar para ir ao hospital, como se nossa conversa devesse ter um final formal. Inclinando-se, pega um pedaço de torrada e me beija rapidamente, melando meu rosto de batom.

— Desculpe — e limpa meu rosto.

Não me preocupo em entender seu pedido de desculpas.

Ao sair do quarto, ela recolhe algo do chão:

— Nossa, Ruby, isso é lindo! — ela esfrega no rosto o cachecol cinza que ganhei de presente.

— É sim. Beth fez para mim.

Ela repara nos lacinhos amarelos.

— Ela é uma boa amiga — delicadamente ela dobra o cachecol e o coloca na penteadeira, e eu me sinto horrível por tê-lo largado no chão.

Livro-me dos restos do café da manhã e me enfio debaixo do travesseiro, enquanto escuto o carro sair da garagem. Então nossa casa é outra vez silenciosa, mas o silêncio parece ser alto demais. Não dá para dormir com um silêncio desses. Então, me levanto e tomo um banho.

Meus dedos massageiam velozmente meu cabelo ensaboado. Pisco tão fortemente enquanto enxáguo que, ao abri-los novamente, formam-se manchas coloridas, que levam horas para desaparecer no azulejo branco do banheiro. Não uma, mas duas vezes, o sabonete escapa das minhas mãos. Que coisa mais esquisita!... Então decido que não vou depilar as pernas, embora eu precise.

Não é segredo que tenho uma herança emocional delicada. Dá para encher várias malas com rodinhas, incluindo todos os compartimentos extras. Mas tento lembrar que não há motivo para preocupação. Toda a herança foi empacotada diligentemente. Não é porque Jim apareceu do nada que tenho de reviver tudo de novo. Uma vez basta.

A água passa a ficar fria e minha pele se enruga. Corro para o quarto gélido e fecho a janela com força. Enxugo-me com a toalha e ponho meu melhor jeans. Ele está pedindo para ser lavado. Vou até o tanque e encontro uma camiseta da Coca-Cola que comprei na Revival. Prendo os cabelos molhados com um elástico. Tomo mais um analgésico e ponho para lavar na máquina um monte de toalhas.

Então me ajeito no sofá fofo e florido. A luz da tardinha torna tudo empoeirado. Restos do charuto me incomodam.

Tento não pensar em Oregon. Oregon. Oregon.

Especialmente porque é uma corrente de pensamentos bem chata. Não sei nada sobre o lugar, a não ser que está virado para o Pacífico.

Talvez a internet esclarecesse alguma coisa, não fosse a pilha de papéis sobre o computador. Enfiado no canto da sala, está coberto por catálogos, ofertas de cartões de crédito e notas fiscais. O velho monitor verde é praticamente maior que a televisão e o modem está quase fora de uso. Não podemos comprar um computador novo, mas poderíamos ao menos jogar esse fora. É inútil.

Aí me lembro. O mapa.

Estava pendurado na parede do meu quarto na casa velha — um disfarce temporário para o papel de parede metálico chamativo que Jim tinha prometido trocar por um melhor assim que pudesse. Cada estado tinha uma cor diferente. Tenho quase certeza de que o Oregon era amarelo-claro. Que coisa mais esquisita de lembrar! Mas então a sensação de frio após o banho muda para algo mais quente.

Vou até as escadas que rangem e dão para o sótão e passo pelo monte de papéis-toalha e rolos de papel higiênico empilhados. Jogo todo o peso do meu corpo contra a porta. Dentro do quarto há tantas caixas que, se sobrepostas, teriam a altura da Muralha da China.

Morávamos na menor casa estilo vitoriano na Rose Lane, mas, mesmo assim, diria-se que era grande. Meus pais pagaram pouco por ela porque foi classificada como *fixer-upper*, o que significava que ficara abandonada por um tempo considerável depois que os navios carregados de pneus partiram de Akron.

Pequenas manchas de tinta branca poluíam o ar como confete toda vez que ventava. As telhas tinham sido retiradas e agora estavam num monte no jardim na frente da casa. O encanamento tinha vazamentos e tornava o teto embolorado. Alguns dos quartos deixavam à mostra os pregos na parede descascada, e tinham-me avisado para tomar cuidado. A casa estava em más condições e era bem assustadora, principalmente à noite. Mas também era cheia de particularidades estranhas, como fundos falsos e alçapões, portas de correr que não davam para lugar nenhum e uma escada escondida no fundo da casa que Beth e eu lotamos de bichinhos de pano e que se tornou nosso esconderijo.

Amava aquela casa. Nunca me esqueceria dela.

Minha mãe e Jim pensavam em reformá-la. Um ato de amor. Mas, até pouco antes de ele partir, muitas das reformas ficaram pela metade. Uma metáfora perfeita para o relacionamento deles, acho. Minha mãe garantiu-me que terminaria de reformar sozinha, mas isso nunca aconteceu. Em parte porque ele levou todas as ferramentas com ele. Mas, sinceramente, duvido que ela seria capaz de fazer algo daquele porte sozinha.

Há dois anos o imposto sobre as propriedades tinha aumentado na região em que morávamos. Minha mãe e eu nos mudamos para uma pequena casa de dois quartos, do outro lado de Akron, que era praticamente do tamanho de um apartamento. Fizemos a mudança juntas. Naquele tempo, eu estava bem já havia alguns meses. Minhas notas voltaram a ser boas e tinha parado de frequentar o psiquiatra da escola. Mas a mudança prejudicou qualquer progresso que eu tivera. Acho que chorava a toda hora. Era como se me forçassem a ver todas aquelas coisas do meu passado e tivesse de encaixotá-las e enterrá-las para sempre. Deve ter sido insuportável para a minha mãe. Entretanto havia algo de bom, que minha mãe vivia ressaltando: eu moraria perto da Beth.

Reagrupei algumas caixas no canto para que conseguisse pegar o tubo de papelão com o mapa.

O mapa não é tão grande como eu pensara; esticado era do tamanho dos meus braços abertos. As caixas, dispostas ao acaso, não compunham uma superfície lisa, então eu abri a parte esquerda de cima do mapa até a altura dos olhos. O restante ficou dobrado. Tinha um rasgo pequeno no que poderia ser o estado de Wyoming.

Bem, eu estava certa: Oregon é amarelo e Ohio é azul.

Mas, além disso, não há nenhuma outra informação sobre o estado, com exceção da capital, Salem, algumas estrelinhas indicando uma cadeia montanhosa e um cavalinho montado por um caubói desenhado. Olhei mais um pouco, como se algo pudesse se concretizar, de repente, se eu observasse com atenção.

Então, encontrei: um pontinho no chapéu de caubói. Parecia uma marca de alfinete. Parecia uma prova do plano de nos abandonar.

Fico com ânsia e estou suando frio. Quando estico o mapa, minhas mãos tremem como se eu tivesse de fazer uma fogueira de acampamento.

Mas o pontinho fica grudado num dos meus dedos suados. É apenas sujeira.

Escuto um barulho de plástico se mexendo e dou um pulo. Meus pés descalços e suados escorregam e eu caio em uma das caixas. A quina da parede corta meu braço de um jeito absurdo. Toco a ferida e percebo que já está aberta. Longe, escuto outro barulho. Do chão percebo que uma rajada de vento é a responsável.

Toco o joelho com o queixo e me pergunto o que estou fazendo ali e que tipo de grande revelação eu esperava de um mapa escolar.

Capítulo 5

Luto contra o vento de inverno, a ponta do cachecol tremula selvagemente atrás de mim. Enterro a cabeça nos fios de lã até quase as sobrancelhas. Estamos em pleno outono e as árvores fulguram em cores.

Espero o sinal abrir bem debaixo de uma árvore de folhas cor de laranja forte. Observo uns ramos delicadamente arranjados por cima de minha cabeça, como arames de guarda-chuva. É lindo.

Então, pego a câmera da bolsa e tiro uma bela fotografia. Poderia tirar dúzias delas até formar um álbum para consultar toda vez que estivesse me sentindo pra baixo. Mas talvez isso seja bobagem. Duvido que as fotos possam se parecer com as coisas reais. Especialmente as fotos de Polaroid. Por mais legais que sejam, parecem sempre estar fora de foco.

As calçadas estão quase desertas, exceto por um bando de velhinhas e carrinhos de supermercado no estacionamento e jovens mães sorridentes empurrando carrinhos de bebê e batendo papo no celular. Depois de alguns minutos de caminhada sem nenhum destino, estou no meio da rua de pequenos comércios que sobreviveram à era dos shopping centers em West Market.

O tempo está bem fresco, então fecho o zíper do moletom azul-marinho com capuz e enfio as mãos nos bolsos. O relógio do banco do outro lado da rua me diz que são 3 horas. Como estou no meio do caminho para a escola ou para minha casa, decido ir em direção à escola e encontrar Beth e as meninas. É estranho, mas parece que não as vejo há décadas.

A escola de Akron é a nossa fortaleza de tijolos, rodeada por verdes e, hoje, amarronzados jardins. Posso ver estudantes em três diferentes andares. O estacionamento mostra a riqueza da cidade — carros quatro-portas dos anos 1990 refletidos em outros carros prateados e importados estacionados ao lado. Marcas impressas em branco nos pneus. Firestone, Cooper e o favorito Goodyear.

Ando para cima e para baixo em cada fileira até encontrar o Volvo laranja de Maria, pneus Goodyear. O carro está bem velho, com batidas e arranhões na parte de fora e rasgões no estofado, mas sempre nos leva para onde precisamos ir. A coisa mais engraçada é o banco traseiro esquerdo a que denominamos Banco Menstruado. Uma vez, Maria deixou que um batom derretesse sobre ele e ficou uma mancha como de menstruação. A gente quase nunca se senta nele, mas, quando somos quatro, uma de nós tem que se sentar no Banco Menstruado. A gente reveza. Beth brinca que dá cólicas.

Eu me sento no capô do carro e espero dar o último sinal na escola. Quando isso acontece, Maria é a primeira a sair. Ela me vê e me joga beijos com as duas mãos enluvadas. Beth vem atrás dela. Ela veste uma calça marrom larga, roubada do guarda-roupa da avó em sua última visita. Seu ritmo aperta quando me vê e o roçar do tecido a acompanha. Ela está cara a cara comigo e mexe no cadarço do meu moletom. De repente, o capuz se encolhe até que só se veja a minha boca.

— Onde você esteve? Devo ter te ligado um milhão de vezes! — ela parecia zangada e preocupada. — Tá tudo bem?

Afrouxei o cadarço do moletom e estiquei os braços como um veterano acostumado a beber.

— Minha mãe me deixou curar a ressaca em casa. Ela até me trouxe café na cama! Ovos e torradas e tudo o mais.

Beth virou os olhos, ainda um pouco zangada comigo, mas já alegre de que estava tudo bem afinal. Ela se desvencilha da mochila cheia de livros que eu seguro para que ela ponha o casaco. Nuvens de chuva se aproximam rapidamente.

— Que estranho! Então ela não ficou "p" da vida? — Maria vai para trás do carro, abre e joga as coisas para dentro de qualquer jeito.

— Que nada. Ela me deu um sermão do tipo "não beber nunca mais", mas não estou de castigo ou coisa assim...

A verdade é que aposto que minha mãe ficou contente por eu ter chegado bem em casa. O poder da compaixão é surpreendente. Deveria me lembrar disso.

Maria bate a porta do carro e se aproxima de mim e da porta lateral.

— Ela disse alguma coisa sobre seu pai, quero dizer, Jim? — sussurra no final, como a evitar que Beth ouvisse. Mas ela ouve. E vira a cabeça para nós em velocidade.

Fricciono a ponta do tênis esquerdo para a frente e para trás no cascalho. Quando olho para cima, Beth está se aproximando:

— Não é nada, pode confiar em mim — digo.

— Ruby, conta aí — Beth junta as mãos e assopra para aquecê-las.

Não é que eu não queira contar a elas. Sobretudo, me constrange toda a situação e o que Maria vai pensar. Mas ignoro que meu rosto já está vermelho e que as palavras estão escapando da minha boca...

— Um guarda-florestal? Você deve estar brincando! — Beth rosna. — Esperemos que a lei do carma funcione e que um pinheiro caia sobre ele.

Maria tenta achar seu gloss favorito dentro da bolsa. Passa um tantinho no lábio superior e esfrega um lábio rosado no outro.

— É isso aí, madeeeeeeeeeeeeira.

Por cima dos ombros de Beth, vejo Katherine no outro lado do estacionamento andando a passos largos. Quicando uma imensa bola de basquete laranja, ela acena para uma multidão de estudantes como se se dirigisse para a cesta. O uniforme imensamente largo e amarelo é engraçado. Os cabelos louros estão presos num enorme rabo de cavalo tão apertado que levanta suas sobrancelhas.

Ela escorrega e desliza os pés parando alguns metros na nossa frente.

— Fiquei esperando vocês no escaninho de Maria, mas ninguém apareceu — a voz vem amuada e logo ela me vê. — Ruby, achei que estava doente.

— E estava mesmo.

— E a gente falou pra você se encontrar com a gente perto do carro — Beth ladra. Ela é doce, mas pode se tornar irada quando não a obedecem. E não posso negar que adoro quando se irrita com Katherine.

— Ah, me desculpe — dessa vez a voz de Katherine é suave. Ela olha para nós três e recomeça: — Alguma de vocês quer vir ao meu jogo de basquete? Acho que vai ser bom. Tem essa garota do outro time que se movimenta incrivelmente. Mas ela não consegue fazer pontos em cima de mim e isso a deixa maluca.

— Meu pai vai embora amanhã, então tenho um jantar obrigatório — responde Maria. Secretamente, invejo Maria por ela ter esses compromissos familiares tradicionais antes que o pai parta em viagem de negócios. Fico imaginando eles três em volta da mesa, sua mãe servindo fatias de peru assado como em dia de Ação de Graças. Mas isso é apenas a minha imaginação. Na real, os jantares na casa dela são à base de sushi ou tábuas de minibambu do Little Tokyo. Mesmo assim, ela tem sorte. Os casais que permanecem felizes no casamento deveriam ganhar um prêmio especial do governo. Talvez um troféu.

Katherine volta sua atenção para mim e Beth.

— O que vocês vão fazer? — seu nariz enruga, como se ela fosse espirrar nossas desculpas esfarrapadas.

A verdade é que assistir a uma partida de basquete é a última coisa que queremos, principalmente Beth. Ela despreza organizações esportivas mais que qualquer uma de nós, acho. Ano passado ela usou a desculpa da asma tantas vezes que o sr. Parisi lhe preparou um exame de dez páginas sobre futebol.

— Minha mãe me prometeu que me daria uma aula no volante. — Ela diz isso porque seu aniversário de 16 anos está chegando, é no Halloween, e ela só pensa na carteira de motorista e no vestido da festa. Eu nem me preocupei com o meu, porque não foi como se eu fosse ganhar um carro ou coisa assim. Minha mãe mal consegue pagar as contas. — Mas acho que posso levá-la para sair depois do jantar. — Então ela me dirige um olhar de súplica, como se eu devesse sofrer junto com ela.

É difícil dizer não a quem fez tanto por você. Então rapidamente passo para os pontos positivos. Só encontro um: vamos ficar sozinhas por um tempo. E isso é particularmente bom, se considerarmos que ando bem esquisita.

— Ah, tá bom, eu vou.

O rosto de Katherine se ilumina. Embora às vezes ela seja bem desagradável, ainda fico um pouco contente de acabar com seu mau humor. Ela tem passado por poucas e boas ultimamente. Sou meio idiota, às vezes.

Antes de nos separarmos, combinamos algo para mais tarde. Maria é nossa consultora oficial, por causa de todos os meninos que conhece e porque é capaz de elencar uma série de locais pouco interessantes para uma sexta à noite, incluindo o Pinz, onde podemos cruzar com Davey e seus amigos. Isso me chateia. A gente fez isso os três últimos fins de semana. Penso que alguns desses caras acham que sou lésbica porque nunca andei de mãos dadas com nenhum deles pelos cantos escuros do parque. Não que algum deles morra de amores por mim. Nunca conversei direito com eles, tipo sozinha com eles. Gosto mais de ouvir as conversas e rir na hora certa.

Então Maria diz:

— Recebi um monte de e-mails de Teddy Baker, convidando para uma festa na casa dele. Vocês o conhecem, né?

Teddy frequentou a mesma escola que eu e Beth, mas se transferiu para Fisher, a extensão da escola para garotos perto do clube de golfe. Não o vi muito desde meus 12 anos, quando me mudei.

— Espere um pouco. Como é que você conhece o Teddy? — perguntei.

Maria encolhe os ombros:

— Fiquei na cola de um amigo dele uma vez numa festa e então ele me achou na internet. Mas uma festa na casa de Teddy significa um monte de garotos — diz, levantando as sobrancelhas. — Um monte de mauricinhos. — E dispara no ar uma série de beijos.

— O Davey não vai ficar maluco por que você não vai sair com ele? — pergunta Beth.

— O Davey não é meu namorado! — responde. — A gente nem se beijou.

— Ah, tá! — diz Katherine.

Maria ri: — Sério! Nem um selinho!

— Achei que vocês estivessem ficando.

— Bem, a gente tá quase ficando. — Maria mexe a cabeça. — A gente tá saindo, mas é mais como amigo que como namorado.

— Verdade? — Beth mexe a cabeça. — Acho que é hora de você partir pra outra. Não quer parecer que está desesperadamente atrás dele se ele não quer saber de você, não é?

— É, talvez você tenha razão — responde Maria, afastando a franja.

Então, a gente decide se encontrar na minha casa pra se arrumar, já que minha mãe vai estar no trabalho. Maria sai com o carro, lançando pedrinhas em nossos calcanhares, enquanto Katherine, Beth e eu vamos para o ginásio.

Katherine brinca com a bola de basquete entre as pernas, enquanto caminha:

— Olha, Ruby — começa, mas logo se interrompe para limpar a garganta, cuspindo pigarro de fumante na nossa frente. — Me desculpe por ontem à noite. É que estou passando por uns problemas. E ver você enlouquecer com seu pai e, bem, percebendo que toda essa história de divórcio vai mexer comigo por anos e, bem, isso me deixou meio maluca.

Decodificar a linguagem de Katherine é uma habilidade que ainda não tenho. Mas acho que isso é um pedido de desculpas, o que para mim é uma surpresa. Até que pouso os olhos em Beth, que está chutando uma tampinha de garrafa. Seu sorriso matreiro está me dizendo alguma coisa.

— Tudo bem — digo, abrindo a porta dupla para ela. E está tudo bem. Embora Katherine saia com a gente, ela não é mesmo minha amiga. Não sou a pessoa mais fácil para lidar, mas tenho meus motivos para manter distância de pessoas como ela.

Como previsto, não há muitas pessoas no ginásio. Embora praticamente todas as paredes estejam cobertas de azul-marinho e amarelo, e bandeirinhas proclamem os inúmeros campeonatos de todos os esportes, muitos desses títulos foram conquistados antes de eu nascer. O programa de esportes de Akron está em decadência há vários anos. A multidão é composta de outros jogadores de basquete do primeiro ano e jogadoras adolescentes, alguns familiares e um monte de crianças que invadem a quadra vazia para fazer arremessos livres ou apostar corrida em metade da quadra. Sigo Beth até a última fileira.

— Estou contente que você veio — ela diz, largando a mochila em cima de uma cadeira. — Depois da última briga, acho que ninguém da família de Katherine virá torcer por ela. — Beth balança a cabeça com displicência. — Ela me lembra um pouco você.

— Verdade? — pergunto, me aproximando dela e tentando conter meu desapontamento.

As meninas do time de Akron estão se aquecendo no centro do ginásio. A maioria delas está meio distraída, conversando e rindo, enquanto Katherine conta até dez, séria como um sargento do exército. Reconheço algumas delas dos corredores. Sobretudo duas loiras altas e uma baixinha morena. Todas usam batom. A morena me pega olhando para ela e aponta para mim e Beth. As duas loiras se abaixam e as três ficam cochichando e olhando para nós. São amigas de Katherine há muito tempo.

Cubro a cabeça com o moletom para evitar o olhar delas.

— Ei, Ruby, o que você fez? — Beth cutuca meu braço

Viro o braço para olhar para o bíceps. Tem uma manchinha roxa e vermelha. Vem-me algo na garganta e então eu engulo.

— OK, isso é tão estúpido, mas vamos lá. Você se lembra do mapa pendurado no meu quarto? Não sei por que, mas queria dar uma olhada no estado do Oregon.

Beth pisca algumas vezes.

— Lembra? Na minha casa velha... O mapa dos Estados Unidos que cobria o papel de parede horrível?

Procurei nela algum sinal de reconhecimento. Se existe alguém que se lembraria de algo relativo a um detalhe na parede da minha casa velha, esse alguém é Beth. Daí percebo que ela não está confusa. Sabe exatamente do que estou falando.

— Ruby — diz, segurando minha mão —, não acho que seja uma boa ideia você ficar pensando nessas coisas.

— Que coisas?

— Bom, ficar tentando adivinhar onde Jim estava morando ou algo assim. Porque, e digo isso porque sou sua amiga, ele provavelmente não vai voltar depois do que aconteceu ontem à noite. E quanto mais você souber sobre ele, mais difícil será esquecê-lo — ela afasta o olhar para cima, para as luzes no teto de metal. — Estava tudo bem até agora. Não deixe que isso mude.

— Só estava curiosa — sussurrei. Mas sei que ela está certa. Quando eu era criança, sabia muito pouco sobre Jim e levou anos para que eu superasse o fato de ele ter saído de casa. Imagine como seria duro se ele se tornasse uma pessoa real, e não uma vaga ideia.

— Só estou dando um conselho de amiga — me cutuca com os ombros ossudos. — É meu dever.

Um assobio chama a minha atenção para a quadra. Katherine está embaixo da cesta, brigando pela bola com uma garota do time adversário. Nenhuma delas larga a mão da bola, então os dois juízes assobiam também. Katherine está lutando loucamente com os cotovelos. Finalmente, a outra garota se livra dela e Katherine dá um urro de vitória, provocando-a. O juiz apita longamente, faz o sinal T com os braços, e o técnico do Akron, irritado, a coloca no banco de reservas.

Mas Katherine não terminou. Discute com o árbitro e diz que sua atitude foi injustificada. A jogadora morena tenta contê-la com os braços, mas Katherine se livra e parte para cima. Mas ela cai sobre o banco, pega uma garrafa de Gatorade e o líquido grosso verde escorre goela adentro. Ela me vê na torcida, mas nem sorri.

— Você viu isso? — me viro para Beth que já está me olhando fixamente.

— Vem cá, Ruby, vem cá! — diz e chuta o *display* de propaganda diante dela. Vendo que não esboço nenhuma reação, continua: — Vamos lá, você sabe que isso vai lhe fazer bem.

Às vezes, quando fico bem chateada com Jim, Beth se senta atrás de mim, faz uma trança em meus cabelos e me penteia diversas vezes até que eu me acalme. Faz tempo que ela não faz isso, e eu nem estou estressada nem nada, mas acredito que ela quer que eu saiba que ela está ali para o que der e vier. Então, me aproximo dela e solto os cabelos, que caem sobre os ombros. As raízes ainda devem estar úmidas.

— Nossa! Seu cabelo tá maravilhoso!

— Verdade?

Ela tenta cavar algo em sua bolsa:

— Merda. Não acho o espelho. Onde está sua câmera? — Sem terminar a pergunta, pega minha bolsa e tira a câmera de dentro. Faço cara de tola atrás dos óculos, cara de esquilo. Beth tira uma foto e parece contente. Mostra-a para mim. Mesmo com cara de esquilo, meus cabelos estão grossos e ondulados, como se eu tivesse passado o dia na praia. São quase belos, o que não é um termo que costuma se aplicar a mim.

— Ai, meu Deus! Talvez você e Teddy possam finalmente se casar hoje à noite!

— Do que você está falando?

Ela ri: — Você sabe. Uma coisinha chamada festa de Halloween, quando Teddy era o James Bond e você era a princesa Diana e vocês dois desfilaram juntos. Todo mundo pensou que vocês fossem marido e mulher.

Ambas rimos. Que sensação boa.

— Santo Deus! Tinha me esquecido disso.

— Não é nenhuma surpresa, considerando que você tem péssima memória. — Vira os olhos. — De qualquer modo, prevejo que você vai se entender com Teddy hoje à noite. — Ela cruza os braços e baixa a cabeça como o gênio da lâmpada. — Vai ser ótimo. Todos os seus problemas vão desaparecer.

— Credo! — e mostro a língua. Há algo que me diz que é melhor não substituir a ausência de seu próprio pai saindo com um menino. E, além disso, não é como se eu já tivesse beijado milhares de meninos na vida. Nunca beijei. E não sei se quero beijar alguém que me trouxesse uma memória contaminada pelo meu pai.

— O que você quer dizer com "credo"? — Beth toca meu peito com um dedo. — Ruby, tô começando a achar que você tem fobia de namorar. Tipo medo de se aproximar de algum menino por causa dos seus pais.

Fico pensando um pouco no que ela me disse. Daí percebo que Beth está muito séria, muito séria mesmo.

— Você está tão séria!

Ela solta uma gargalhada:

— Então prove que eu estou errada.

Beijar Teddy pode ser um bom jeito de pensar em outra coisa. E não é toda hora que surge uma oportunidade de provar que a Beth está errada. Então abro um grande sorriso e decido aproveitar essa chance de beijar.

Capítulo 6

Isso vai ser mais difícil do que eu pensava.

Admito que a ideia de me distrair com um carinha me fez bem durante todo o dia. Deixei de lado todas as costumeiras reservas e aceitei que Beth se encarregasse do meu visual. Ela passou uma sombra lilás em mim e prendeu meus cabelos com uma tiara. Peguei emprestado de Maria uns brincos *vintage* e o cinto largo de couro de Katherine. E até deixei que Beth abrisse a gola da minha camiseta da biblioteca de Akron que já está bem velha e agarrada. Mesmo que faça quase quatro anos que eu não veja Teddy, tenho lembranças adoráveis dele, um menino bem legal que acompanhava os caras chatos e sem amigos até em casa durante o verão.

O Teddy desta noite, no entanto, não é tão adorável quanto enorme. Ele está imenso, com tatuagens tribais no bíceps. Seu pescoço é tão grosso quanto a minha cintura, e a cabeça, grande como alguns desenhos de Darwin. As axilas da camisa polo verde-limão extra-extra-grande estavam marcadas de suor. Gotinhas de suor brilhavam na testa quando corria as mãos nervosamente sobre o cabelo castanho aparado no estilo militar, a cabeça espalhava um halo de suor. Só um pequeno detalhe era familiar: Teddy ainda era muito sorridente, especialmente porque seus dentes, agora não mais escondidos pelo aparelho, eram perfeitamente alinhados e brancos.

Ele foi legal e tal, mas não rolava química. Ainda assim pensava em coisas positivas. Por exemplo, beijos.

Beth e eu estamos encostadas na parede de madeira do porão da casa de Teddy. Ele está na nossa frente, as pernas abertas em V, jogando o peso do corpo de um lado para o outro. Queria saber se ele está sacando o que está acontecendo, que a Beth apostou que eu daria meu primeiro beijo com ele.

Não estou falando muito, mas tudo bem porque Beth está no controle da situação, repetindo "Ah, meu Deus!" tão alto que Teddy não pode olhar para o outro lado. Ela está contando a história da festa de Halloween. Teddy está resmungando: "É, é" para ser gentil, mas seu olhar vago revela que ele não tem ideia do que ela esteja falando. Acho que Beth não percebeu isso. Ela está muito ocupada em seu papel de cupido, e continua contando e rindo como se a história fosse superengraçada, uma piada conhecida entre velhos amigos, um ensaio para o brinde que fará no nosso casamento.

O espelho da Budweiser atrás de nós revela que Teddy está querendo dar o fora, e eu, de repente, não me sinto nada bem. O quarto sufocante é colado à escola de Fisher Prep para meninos e à Academia Lambert para meninas. Para adolescentes que reclamam de ter de usar uniformes, todo o mundo está vestido exatamente igual em sua noite livre. Como extras numa série de TV da Califórnia, vestem roupas com fios de algodão em cores pastel que realçam as marcas do bronzeado de outubro, em Ohio. As garotas fazem as melhores poses My Space para ser capturadas pelas câmeras dos celulares, enquanto os garotos fingem não prestar atenção. É flagrante.

Dez horas da noite parece tarde demais para chegar a uma festa em que são os pais a comprar a bebida porque a maioria das pessoas já está detonada. De qualquer modo, não vou beber. Só o cheiro de cerveja revira meu estômago recém-recuperado de uma ressaca.

Do outro lado, um idiota usa um top superjusto e um barril sobre a cabeça como se fosse uma viseira, o máximo em festas de adolescentes.

— Acho que vou rodar por aí — diz Teddy, antes de dar o fora. Um cheiro forte de colônia segue seu rastro.

— Vamos procurar as garotas — diz impulsivamente Beth. Nos dispersamos na entrada da festa, Maria para telefonar, Katherine para pegar umas cervejas. A prioridade número um de Beth era me botar cara a cara com Teddy e deixar que pintasse um clima. Só que o clima não pintou.

Beth me passa o gloss de baunilha, enquanto ajeita a presilha do cabelo:

— Teddy não é mal. Um pouco suado, mas não é mal. Você... — e ela me dá um cutucão — poderia falar um pouco mais. Tem de demonstrar interesse.

Sua dedicação a esse papel de cupido é de minha responsabilidade. Beth é feliz quando eu sou feliz, e eu estava feliz essa noite, quando a gente revia o plano dentro do Volvo. Mas agora não estou certa se quero que meu primeiro beijo seja com Teddy, nem com ninguém que esteja aqui.

Sinto o cheiro da colônia, sinal de que Teddy está dando outra volta na festa. Vai de um em um, oferecendo cerveja, rindo alto das piadas, abraçando e soltando a voz num "Que foda, cara".

— Sério, vamos nos misturar — pedi a Beth, tocando na manga da sua camisa.

Ela reclama, meio rispidamente:

— Relaxa, tá?

Cruzo as pernas para não balançá-las. Isso é estúpido e constrangedor. Teddy não está na minha. Mas se Beth quer fingir que isso vai ter um final feliz, longe de mim acabar com sua fantasia.

Não presto atenção em nada até que vejo o sr. Baker correndo as escadas e acompanhando o ritmo da música com a cabeça. Ninguém parece se surpreender quando ele se junta à multidão e verifica que aqueles dois barris estão em perfeito estado. Ele deve ter escutado o tumulto lá de cima.

Não fosse careca nem parecido com o Papai-Noel, você poderia confundi-lo com um dos meninos. O sr. Baker está vestido com camiseta polo branca e apertada e jeans surrados. Não são jeans de pai que é jardineiro, ou bicicleteiro ou pintor de parede. Comprou-os com Teddy — são iguais aos dele, com uma caveira preta no bolso esquerdo da parte de trás. Cada um deve ter custado 200 dólares.

Teddy avista o pai e fica vermelho.

— Pode subir. Tá tudo sobre controle, mano.

O sr. Baker se retrata num gesto rápido. Ele deve ter dito "fica frio", mas não escuto por causa da música. Graças a Deus.

— Ei, você viu isso? — Beth levanta a sobrancelha e continua: — Como posso te ajudar a dar o primeiro beijo se está com essa cara amarrada? — vira o corpo de lado e ajeita a franja felpuda da malha branca. — Não faça autossabotagem, Ruby!

Abro a boca, mas antes que me defenda, Teddy se aproxima de novo, carregando quatro copos de plástico com espuma de cerveja até a borda. Beth puxa-o pelo braço, derramando o líquido no meu tênis e meia.

— Me desculpe — diz Teddy, mas não diminui o passo, evitando a armadilha de Beth. Para a alguns passos de nós, distribui a cerveja e vai até a garota com minissaia de tenista e pulseiras brilhantes, que casualmente enlaça os ombros dele.

Acho que ele percebeu a manobra de Beth, e que ele e eu nunca daríamos certo. Não consigo conter um suspiro de alívio porque, afinal, estamos lendo a mesma página.

Infelizmente, Beth não acompanha a leitura.

— Honestamente, Ruby — ela pega forte na minha mão e saímos do cômodo lotado. — Você sabe paquerar?

— Sei — digo, me desvencilhando. Mas, na verdade, não sei. E, na verdade, não me importo.

Tem um grande bar polinésio no porão, uns jogos eletrônicos e umas placas *vintage* da Firestone (que, odeio admitir, são muito legais). Caixas de som pequenas estão espremidas em cada canto e uma música ruim quase nunca toca até o final, porque tem sempre alguém por perto com um iPod de alguém que escolhe uma música pior ainda. Tem uma imensa tela de TV com cerca de cinco *video games* alinhados no topo. Cartazes cintilantes de mulheres com biquíni e bundas cheia de areia estão pendurados como quadros em museu. O porão como um todo é o "paraíso dos manos", como indica o néon azul feito sob encomenda. Fico pensando se também era assim antes de a mãe de Teddy fugir com o dentista. Queria saber se era assim no tempo em que ele usava aparelho.

Passamos por Katherine, atrás de três caras, esperando sua vez de jogar o *game* de basquete. Ela está mesmo bonita: os cabelos louros estão meio presos e ela usa jeans e camiseta justa preta com decote em V. Maria está curvada para um garoto alto com as pernas esticadas no canto da mesa de bilhar. Não quero atrapalhar o flerte, mas Beth lhe dá um cutucão no ombro e ela se alegra. Só então percebo que o garoto tem acne.

— Nem acredito que me livrei daquele cara! Perguntei-lhe qual o último CD que ele comprou, ou baixou da internet, e ele me disse que só escuta rádio. Tem coisa mais chata? — acho que ela o está comparando com Davey, mas vou ficar na minha. Maria acena a cabeça, apagando da memória a imagem do garoto com pele ruim. — Como vão as coisas com Teddy?

— Nada bem — ladra Beth, sem me dar uma chance de responder.

O melhor a fazer é ignorar Beth quando ela se irrita. Ela fica assim quando eu sou mais rápida que ela na pista de gelo, ou quando não quero ir com ela ao Cedar Point porque não quero molhar minhas roupas. Então eu apenas sorrio para Maria e digo:

— Ele tem namorada.

Maria trata-nos com desconsideração:

— Essa festa está um saco — fala bem alto, tanto que olham feio para nós. Dou risada e Maria também.

Beth diz, não tão alegre:

— Vocês são um saco.

Maria e eu não dizemos nada. Katherine fica bem desconcertada com a atitude de Beth. Ela dá um sorriso aberto e vai até a porta de trás:

— Vou lá fora fumar.

Beth põe as mãos nos bolsos de trás.

— O que é agora? Não vou forçar vocês a ficarem aqui e se divertir — diz de um modo "pseudo" amigável, a fim de esconder que está desapontada. — Vou fazer xixi, beber uma cerveja e cair fora.

— Eu fico se você quiser — faço uma concessão, mas Beth desaparece na multidão sem me escutar.

Maria deve ter notado que fiquei chateada porque ela tenta me fazer sorrir. Mesmo que reconheça seus esforços, não funciona.

— Eu não estraguei tudo de propósito... Teddy tem uma namorada — digo.

— Bom, acho que Teddy não faz seu tipo.

— Exatamente — concordo, e Maria e eu rimos um pouco.

Maria assopra algo na minha cara, um cílio, suponho.

— É meio louco que a Beth fique preocupada, mas age com a melhor das intenções. — Então ajeita o colar com asinha de anjo que estava para dentro do top com manchas vermelhas. — Ela só quer vê-la feliz.

Viro-me para prestar atenção no que acontece do outro lado da festa. Uns tipos atléticos arrastam um colchão de ar para o meio do porão e transformam-no em uma cama elástica.

— Olha só esses caras — digo. — Só querem arranjar uma desculpa para se tocarem. — Rapidamente pensei em tirar uma foto deles, mesmo que não sejam meus amigos e que a cena não seja tão bonita. Abro a mochila e pego a Polaroid.

— Ah, meu Deus! Você vai ser a próxima Diane Arbus![5]

É fácil esquecer que Maria é inteligente, porque ela é uma gata. Não fazia ideia de quem era Diane Arbus, mas estou convencida de que isso vai dar uma foto divertida. E sair pela festa fotografando parece ser uma boa alternativa para deixar de paquerar. Beth me disse para não trazer a câmera porque a mochila não combinava com minhas roupas. Mas agora estou contente por tê-la trazido.

Vou em direção à multidão enlouquecida e ao bando de meninos que se agitam. Seguro a câmera na altura do rosto e clico bem no momento em que um dos meninos prende com as pernas o pescoço

[5] Fotógrafa norte-americana que retratava figuras como anões, gigantes e gêmeos siameses. (N. T.)

do outro no que pode ser descrito como "laço de *pretzel*". Outro cara vem por trás e monta em cima dele. Estão todos grunhindo e suando, num paraíso de testosterona.

— Uau! Que câmera mais legal!

Um carinha com a pele marcada por espinhas antigas vestido com uma malha verde e azul-marinho furada por traças passa na frente e acaba com a foto. Não faz tanto calor no porão, mas seu rosto está vermelho. Parece que alguém acabou de esbofeteá-lo. Seu sorriso contraído não me convence de que ele não tenha merecido.

— Tira uma foto minha! — diz, com o punho no queixo num sorriso de foto pré-escolhida para o porta-retrato de loja.

— O quê? — dou um grande passo para trás. — Claro que não.

Infelizmente, ele não se intimida e dá um sorriso ainda maior.

— Então, eu vou tirar uma foto sua — e literalmente tenta arrancar a câmera das minhas mãos.

De jeito nenhum isso vai acontecer. Então miro e tiro outra foto para que ele recue. Ainda consigo dizer:

— Isso vai lhe custar cinco dólares, idiota.

Ele puxa a foto de dentro da máquina. Então arranha o filme fosco.

— Você me pede para tirar uma foto sua e daí a destrói? — Estou "p" da vida.

— Observe — diz e me devolve a foto. — A gente costumava fazer isso nas aulas de arte.

Seus traços começam a se revelar, mas onde ele arranhou uma linha forma-se a figura de um pássaro transparente e fantasmagórico. A forma emoldura perfeitamente o rosto dele. Olho para ele e vejo o mesmo pássaro do tamanho de uma moeda em um bóton no meio do boné de beisebol azul-marinho.

— Bem legal, né?

Começo a pensar que esse cara é "da hora". Ele tem umas sardas na ponta do nariz que parecem canela. E mesmo que tenha olhos castanhos normais, eles parecem mais brilhantes do que quaisquer outros.

Tento continuar a brincadeira, então mexo no bóton.

— Isso é algum tipo de assinatura sua? — Beth não estava mentindo; eu não sei paquerar.

— Na verdade, não. Eu sei como fazer bótons e bem... eu gosto.

Ele olha para os tênis cinza e mexe na franja do cabelo loiro sujo que está para fora do boné, porque acho que ele sabe que esse tipo de *hobby* é meio esquisito.

— Fiz um montão de bótons para minhas primas na Páscoa.

Ele pesca outro bóton de dentro do bolso. E me dá. É branco e traz manuscrito um "Oi" em verde.

— Oi — ele diz para mim.

— Quantos bótons você distribuiu hoje à noite? — pergunto e sei que estou vermelha.

— Dois — ele diz, amuado. — Gosto de fazer amigos.

— Desculpe, mas não acho que você tenha muitos amigos aqui. — Percebo que não estou abafando, mas os outros carinhas da escola Fisher se juntaram em grupinhos afins, como de lutas marciais ou penteados feios e esse menino parece destoar desses grupos todos. E isso é uma vantagem!

— Você está certa — então ele me leva para a porta de trás.

— Espere. Minhas amigas estão indo embora. — Tento me desvencilhar, mas ele segura forte minhas mãos. Tenho as pernas bambas e pareço caminhar como um balão de gás meio murcho atrás dele.

— Então vamos esperar por elas na saída. Além disso, quero que você conheça alguém.

A noite é negra como breu no jardim bem cuidado de Teddy. Atravessamos uma nuvem de fumaça e juntamo-nos ao pessoal do fundão. Uma dessas pessoas é Katherine. Arrisco um sorriso para ela. Ela me observa, dá a última tragada, joga fora o toco de cigarro e volta para a festa com cara de tédio. Acho que ela quer mesmo é dar o fora dali. Percebo que estou apertando a mão quente e suada do garoto. Solto-a por um momento, mas ele agarra meu dedinho.

Sigo-o por um caminho cor de ardósia até a piscina. Luzes automáticas iluminam o trajeto. O som da música ruim diminui a cada passo. Estou relaxando.

A um canto, perto da casinha de cachorro, está o *golden retriever* de Teddy preso por uma corrente a um arbusto do jardim. Quando ele era filhote, Teddy desfilava com ele demoradamente pelo quarteirão. Agora o cão está velho, coberto de pelos brancos. Mesmo assim o cão se alegra com a companhia. Estica as patas para nós e então prefere se sentar e esperar. Sua cauda varre umas folhas caídas.

O menino afaga o cachorro e me leva até ele. Aliso alguns pelos e vejo outro bóton com a escrita "Oi" na coleira.

— Uau! Fazendo amizade com o cachorro! A gente sabe que essa festa está uma porcaria, mas isso é degradante.

— Com certeza. Ainda bem que você veio. — Tira o boné e mexe nos cabelos despenteados e finos. Ele deve ele mesmo tê-los cortado com uma tesoura de plástico para crianças. — Meu nome é Charlie.

Sorrio: — O quê? Nenhum bóton como presente por eu ter vindo, Charlie? — Acho que estou paquerando.

Tem um banco de jardim perto da piscina. Nós nos sentamos e as luzes automáticas se apagam uma por uma no caminho. Estou empolgada.

— Então você vai me dizer seu nome?

Ah, é...

— Ruby.

— De onde você conhece o Teddy?

A última lâmpada se apaga e a escuridão nos encobre. Demora um pouco até que eu distinga Charlie de novo, embora ele esteja sentado bem perto de mim.

— Costumava morar perto daqui.

— Espere. Então você não mora mais em Akron?

Balancei a cabeça:

— Moro. Só me mudei de bairro há alguns anos.

— É mesmo? Por quê?

Apertei o bóton entre as mãos até que doesse mais do que a pergunta. Tento distinguir os fumantes, mas minha pupila ainda está se adaptando à escuridão e não percebo nada a distância.

— OK. — Charlie se inclina para amarrar o tênis e me concede um momento mais que merecido sem seu olhar. — Tô achando que você é um pouco cética. Você pensa que sou um idiota como qualquer um desses caras. Deixe-me explicar por que estou nesta festa sem graça.

Charlie justifica sua presença. Estou superconcentrada no que ele está me dizendo, analisando cada palavra. Ele frequenta a mesma escola que Teddy, mas acha que é um peixe fora d'água por razões óbvias. Mesmo assim, um cara tem que ter amigos. Ele odeia Akron, mas sua família se mudou para cá no verão passado por conta dos negócios do pai dele.

— Ele trabalha com pneus? — perguntei.

— Não — parece estar ofendido. — Não, ele é professor de arte em Kent. A gente morava em Pittsburgh e ele ensinava em Carnegie-Mellon. Pittsburgh é massa. Terra do *ketchup* Heinz, o melhor *ketchup* do mundo.

Mesmo na semiescuridão posso perceber que ele está ficando cada vez mais vermelho e quero saber se é porque eu estou olhando fixamente para ele, se é algum problema médico ou se é por minha causa. Eu deveria continuar empolgada. Por que não estou?

— Ruby.

Olho para algo brilhante nas mãos dele. Um pedaço de chiclete, pelo modo como ele passa para mim. Mas não quero brincar. Só quero mastigar e ver o que acontece.

Só que está ventando muito e minhas mãos estão congelando. As pupilas se ajustaram à escuridão: a piscina grande de Teddy, umas cadeiras de plástico empilhadas, uma cerca alta e atrás dela...

— Ruby, o que aconteceu? — pergunta Charlie, dando um pulinho.

Mesmo se quisesse, não saberia explicar como a visão da minha casa velha mexeu tanto comigo a ponto de meus músculos se contraírem e quase romperem os ligamentos. Não reconheci quase nada da vizinhança no caminho para a festa. Provavelmente porque sempre tenha evitado vir para essas bandas. Mas a árvore no jardim da frente de casa ainda é a maior do quarteirão. E se parece muito com aquela que fotografei de manhã. Será que foi por isso que a fotografei? As folhas de outono são idênticas às que costumava olhar da janela do quarto. Posso ver a janela. A luz está acesa, porque há outras pessoas morando lá.

— Ruby, tá tudo bem?

— Sim — digo, embora uma lágrima role no meu rosto. Enxugo-a tão discretamente quanto posso e me defendo até que a cabeça de Charlie impeça que eu veja minha casa. — Sério, sobre o que você estava falando? — Não consigo parar de pensar no meu pai. Não consigo deixar de sentir o cheiro de charuto. — Vamos continuar a conversa, tá? Por favor, fale alguma coisa.

Charlie vira a cabeça e olha sobre o ombro e, depois, de novo para mim, totalmente confuso.

Ele deve achar que sou louca. E tem razão. Continuo chorando, embora não queira. Tento falar algo, qualquer coisa, mas a garganta está travada. Não é só a casa. É tudo o que está me esmagando de uma vez. Tudo o que eu esperava que já tivesse acabado para sempre. Charlie põe o chiclete no bolso. Quando move a cabeça, a casa aparece de novo atrás dele, muito, muito perto. Como se tivesse se movimentado em minha direção, me perseguindo.

O cão se levanta e se afasta de nós, porque deixamos de acariciá-lo. Então, uma das lâmpadas se acende, iluminando nosso palco. O fundo da cena está às escuras e pisco para ajustar os olhos à luminosidade.

— Ruby, estamos indo embora! — grita Beth se aproximando.

Tento pedir desculpas enquanto me levanto, mas não sei se ele está escutando. Então corro para Beth no escuro, seguindo sua voz e deixando que o vento seque as lágrimas. Charlie me chama, mas não interrompo. Entretanto correr não adianta nada.

Capítulo 7

O pânico começou poucos meses depois que ele foi embora.

Beth tinha uma cama com rodinhas, o que era ótimo se quisesse passar a noite fora. Nunca tive de me enfiar num saco de dormir, ou me espremer do lado dela, brigando pelas cobertas durante a noite. Aquela era a minha cama, a cama da melhor amiga dela, e eu aproveitava bastante. Pelo menos uma noite a cada fim de semana e mesmo durante a semana quando estava meio deprimida e minha mãe não sabia direito o que fazer. A casa de Beth era, então, meu santuário: sempre cheia por causa de suas duas irmãs e bem quentinha, tão quente que me deixava sonolenta.

A noite foi perfeita. Fomos ao boliche com a família dela e comi tanta pizza que quase vomitei. Então Beth e eu alugamos um monte de filmes que eu adorava e o sr. Miller ajustou a TV e o videocassete na penteadeira. Enquanto assistíamos, contamos as moedas dentro da garrafa que servia de cofre para a família. A mãe de Beth disse que queria trocá-las no banco e que poderíamos ficar com a metade. Minhas mãos cheiravam a metal e não importava o quanto eu as esfregasse, o cheiro não saía. Mas eu não me importava. Dormi muito contente e 27 dólares mais rica.

Aquilo não deveria ter acontecido. Não numa noite tão legal.

Não foi um pesadelo costumeiro. Não estava sendo perseguida por um *serial killer*. Não tive de escapar de um incêndio. No começo, era tudo normal. Nossa casa, nossa família. Meu pai, minha mãe e eu brincando de quebra-cabeça.

Entretanto, quando meu pai não encontrou uma pecinha no meio das outras, uma que se encaixava na moldura do quebra-cabeça, ele se enfureceu, de repente. Ele se levantou e começou a agarrar os discos da estante, enquanto mamãe continuava a montar o quebra-cabeça como se nada estivesse acontecendo. Eu estava ficando preocupada, nervosa. Ela me passou uma pecinha e disse que tudo ficaria bem. Então, me esqueci de meu pai e me concentrei em um buraco no meio do quebra-cabeça.

Mas o sonho de que Ruby não tinha ideia estava por vir. E a Ruby sonhadora, flutuando em algum lugar feito um fantasma, impedida de se comunicar de qualquer forma não poderia avisá-la sobre o que aconteceria afinal.

Acordei gritando.

Beth pulou da cama e me cutucou, perguntando o que tinha acontecido. Tocou meu ombro e suas mãos ficaram úmidas. Eu estava banhada de suor e minhas pernas tremiam tanto que o lençol tremulava.

Beth me deu outra camisola. Não uma velha, mas uma de suas melhores, com coraçõezinhos rosa e azuis e lacinhos. Troquei-me no escuro enquanto ela ajeitava os lençóis no colchão da cama de rodinhas. Ela não deixaria que eu dormisse naquela cama, mesmo que eu insistisse muito. Em vez disso, ela correu para a bicama e ajeitou-a para mim.

Capítulo 8

▼

Com os cabelos escorridos presos em maria-chiquinha, tento escutar o que se passa no quarto. Estou encolhida e quentinha ainda usando as roupas de ontem à noite, meu braço esquerdo marcado pela trama do cachecol. Digo a mim mesma que está tudo bem, que estou sonhando. Que aquilo não foi o som de um carro saindo da garagem. Mas não estou satisfeita. Tenho de verificar.

Saio da cama e vou correndo até a janela com um só movimento. Penso que ele não vai estar lá e abro a janela violentamente. Estou arquejando enquanto procuro, em vão, com a cabeça para fora, por um rastro de pneus ou por pistas imaginárias. Estremeço de frio. Estou fora de forma.

Quando alcancei o carro de Maria ontem à noite, já tinha parado de chorar. Dando um sorriso bem ensaiado, ninguém suspeitou de que eu tivesse tido um ataque histérico momentos antes. Sem intenção, olhei para Charlie, mas ele já tinha ido embora. Acho que é isso que se espera quando meninas estranhas gritam e saem correndo quando você quer beijá-las.

Discutindo amigavelmente sobre de quem seria a vez de se sentar no Banco Menstruado, resolvo esgueirar-me até ele, abro a janela e percebo pelo vento que Maria está na velocidade-limite. Um cansaço dilui minha tristeza em algo que posso deglutir. Não queria ter pesadelos esta noite. Queria dormir pesadamente.

Mas não tive sorte. Agora, depois de uma última olhada pela rua tranquila, vou para o quarto e procuro adormecer. Estou cansada de ser uma refém das viagens na memória. Não é que eu não queira refletir sobrc o passado doloroso, como Beth me alertou. Fui totalmente sequestrada. E não tenho ideia de como reverter essa situação.

Quero que tudo volte a ser como era antes de ele ter ressurgido. Quando tudo estava tão bem enterrado no passado que se diria podia ter acontecido com qualquer um.

Em parte, não quero aborrecer Beth com o que ando sentindo. Quero dizer, já discutimos isso centenas de vezes e duvido que haja algo novo a ser dito. A coisa é que, quando seus amigos perguntam se tem algo errado, eles realmente não querem saber tudo. Sobretudo se eles veem que você vive aborrecida com o mesmo assunto de sempre.

Geralmente, eles falam algo sábio, repetem umas quatro ou cinco vezes, se você tem sorte. Acho que sou supersortuda porque ouvi a mesma coisa por seis anos. Mas depois de um tempo tudo tem limite. Se você foi capaz de estabelecer uma estratégia para enfrentar o problema é porque já é hora de enfrentá-lo. Do contrário, se evitam as mudanças, é por sua culpa que as coisas não melhoram. E as pessoas vão dar de ombros e repetir clichês, como “Você está realmente surpreso?” ou “Eu te disse que isso ia acontecer”. E vão parar de ter pena de você.

A noite passada as coisas estavam meio estranhas entre mim e Beth. Como se não ter ficado com Teddy significasse que eu estava me lixando pra isso. Como se o fato de eu não ter feito exatamente o ela queria significasse que eu não a ouvia.

Meu telefone sem fio toca. Persigo o som e o encontro pela antena de borracha, perto de umas fotos da Polaroid. A pilha de fotos tem um *post-it* grudado em cima.

Coloque as fotos em outro lugar, não na gaveta da prataria. E me espere para o jantar.

Mãe

Pego as fotos e o telefone com as duas mãos e volto para a cama.

— Alô — encolho-me ao sentir meu hálito matinal.

— Bom dia, dorminhoca — Beth cantarola em meio ao chiado do telefone, um efeito conjunto do celular mixuruca e do telefone sem fio mais mixuruca ainda.

— Ei — me animo com sua voz. — Estava pensando em você.

— Que medo! — diz, soltando uma risada.

Fico tão contente de ouvir sua risada. Significa que a tensão da noite passada já era e que tudo voltou ao normal entre a gente.

— Você já comeu? — ajeito o fone no ombro e dou uma olhada nas fotos. Minha mãe, Beth, Katherine, Maria. Hesitante, viro a próxima. Jim parece um fantasma no batente da porta, pele pálida contra o céu noturno, sem expressão, a boca levemente aberta. Tem uma mancha na gola do casaco de flanela. Inclino a foto contra um raio de sol. A marca é de um dedo fino. O de minha mãe. Não quero ficar pensando nisso, então passo a foto para baixo das outras.

— Não. E você?

— Não. E tô morrendo de fome. Vamos para o Dodie's? É minha vez de convidar. — Meu estômago ronca ao pensar numa montanha de batatas fritas com *ketchup*.

— Fica para a próxima. Maria vem nos pegar em meia hora para a gente comprar a fantasia de Halloween. Tenho de estar pronta, de café tomado, em cinco minutos. — Ela está andando de bicicleta e toca sua buzina três vezes para mim.

— Beleza — tento conter as palavras, mas não consigo. Afinal, Beth é minha melhor amiga. Mesmo que eu a desapontasse, ela ia querer saber se estava tudo bem comigo. — Vem aqui rapidinho, porque quero contar uma coisa antes que todo mundo chegue.

— Por quê? Aconteceu alguma coisa? — ela pergunta, cautelosamente.

— Que nada. Só queria saber sua opinião sobre uma coisa — digo casualmente, como se se tratasse de escolher o sabor de um sorvete. — Olha, vou tomar um banho. Então, quando chegar, abra a porta.

— Já estou a caminho. — Sinto o vento bater no telefone enquanto ela pedala.

Eu me levanto e pego algo do bolso traseiro. O retrato de Charlie está meio maltratado depois de uma noite dormindo na calça. Isso o deixava ainda mais bonitinho, se é que era possível. Alfinetei o bóton na foto, deixando a foto por cima, e pus debaixo do travesseiro.

Os pelos da perna que não depilei ontem se arrepiam quando me dispo. O banheiro é quase sempre fresquinho porque minha mãe deixa a janela aberta para não embolorar o teto. Abro a torneira quente e passo a gilete sobre o creme grosso, do tornozelo para a coxa. Escovo os dentes, desembaraço os nós dos cabelos compridos, escolho algumas peças de roupa que minha mãe deixou dobradas sobre o cesto da lavanderia, e também a eterna calça Levi's suja e desço as escadas. Não sei por que, mas só de ter conversado com Beth me sinto ótima.

Eu a cumprimento antes de chegar na cozinha, mas ela não está me esperando como deveria. O relógio em cima da pia marca 10h45 — já faz vinte minutos desde que desligamos o telefone e Maria deve chegar em dez minutos. A pequena cozinha parece cavernosa.

Pego o telefone sem fio e ligo para o celular de Beth, pretendendo provocá-la sobre um pneu furado da bicicleta e, se por acaso, ela tem um extra. Som do tema de Peanuts na sala. É o *ring tone* de Beth. Sigo o som pela casa até que finalmente não o distingo mais.

A bicicleta enferrujada de dez marchas de Beth está estacionada perto dos arbustos. Ela está sentada, com a cabeça curvada para baixo, os cachos dos cabelos caindo sobre a malha listrada. De onde estou, não posso adivinhar se ela está dormindo, ou chorando, ou desfiando o jeans. O celular dela se ilumina, mas não deixo recado na secretária eletrônica.

Abro a porta silenciosamente para não assustá-la. Três pássaros voam para o sul formando um triângulo.

Ela se levanta e vira para mim, as mãos enfiadas nos bolsos de trás.

— Que susto, Ruby! — diz como se eu a estivesse espionando.

— Tudo bem com você? — pergunto, saindo para a rua. O sol é forte, mas não esquenta nada. — Acabei de te ligar, mas você não respondeu.

Beth se equilibra no salto e joga a cabeça para trás.

— É mesmo? Desculpe. Deve estar fora de área. De qualquer modo, toquei a campainha algumas vezes e você ainda estava tomando banho.

Inclino-me na grade de metal e vou até a esquina pavimentada com areia e outros metais abrasivos.

— Por que você não pegou a chave reserva? — A gente tem uma e Beth a usa de vez em quando. Mostro para ela.

Beth a pega na mão e observa-a sob a luz como faz o caixa de supermercado com notas de vinte dólares.

— Ah! Não a encontrei. Seus braços são muito mais compridos que os meus, você sabe. — Ela guarda de volta a chave no esconderijo e passa por mim, balançando um saquinho de papel branco. Um delicioso *donut* com manteiga e recheio de geleia de framboesa. Sigo-a para dentro de casa.

Beth deixa o saquinho sobre a mesa. Está engordurado. Eu me sento e escuto-a agitar a garrafa de suco de laranja. Ela serve dois copos.

— Obrigada, mãe — brinco, tentando beber num só gole. Um pouco de suco cai sobre a pia. Beth me dá um papel-toalha molhado e eu limpo a mancha.

Quando dou por mim, Beth está olhando fixamente pela janela da cozinha. Sei que a conversa parecia trivial pelo telefone e pode ser que a falta de urgência seja um defeito que eu tenha. Começo a conversar, mas não exatamente como me vem à cabeça. Tenho de ir aos poucos.

— Tem alguma coisa especial que você queira de aniversário? Estou na dúvida sobre o que comprar. — Pego um *donut* do saquinho. Está consistente e quentinho.

Beth pega outro e dá uma mordida, espalhando açúcar no ar. Então, ela se inclina sobre o balcão.

— Não sei. Que tal você tirar uma foto minha ou algo do tipo? — Dá outra mordida. Um pouco da geleia escapa da boca e ela passa a língua.

Sorri quando percebe que a estou observando. Mas não é um sorriso costumeiro. É longo, e fino, e irônico. Abro a boca. Quando Beth está prestando atenção, é capaz de me ler como um livro. E, finalmente, ela percebe que tem algo errado.

— Você teve notícias dele? — sussurra.

— Não. Você está certa. Provavelmente, ele está bem longe agora. — Que loucura! Fico pensando se ele tem noção do quanto ele me perturbou aparecendo por apenas cinco minutos. Provavelmente não.

Beth olha para o que sobrou do *donut* e dá uma última mordida, pensativa:

— Então aconteceu algo ontem à noite? Porque tô mesmo querendo me desculpar por causa do Teddy. Sei que queria apenas desviar sua atenção. Agi com as melhores intenções. — Ela retorce as mãos.

Eu a encaro e forço um sorriso.

— Não ligo para isso. O plano era bom, só que a pessoa era errada.

— E o outro carinha? Aquele com quem Katherine viu você conversando?

— É! Eu estraguei tudo. — Estou agitada e digo: — É meio sobre isso que quero falar. Porque acho que tem alguma coisa a ver com o que você me disse no ginásio.

Beth balança a cabeça.

— O que você quer dizer? O que foi que eu disse?

Respiro fundo. E depois novamente.

— Que eu tenho fobia de namorar. Mas acho que não é só isso. — Minhas mãos estão suadas. Cada sílaba requer um esforço tremendo. — Acho que é um problema maior.

Beth deixa então de franzir a testa e pende a cabeça ligeiramente para a esquerda.

— Ruby, não foi bem isso que eu quis dizer.

— Eu sei. Você só estava brincando. Mas tem algo de verdade nisso, infelizmente. — Antes de me dar conta, já estou lhe contando a história de ontem à noite. De ter visto minha casa velha e de ter tido um troço. E porque sou a única da turma que nunca teve nada com ninguém. Então, tenho medo de acabar sozinha como minha mãe. E eu nem mesmo sei por que meu pai foi embora, nem por que ele voltou no dia do meu aniversário. Porque não paro de pensar em coisas do passado, lembranças dele que estão me torturando.

Seu lábio inferior está tremendo.

— Beth... — digo, num riso histriônico, para conter seu choro. Odeio quando ela começa a chorar.

Ela se inclina sobre a mesa e as lágrimas saltam para o saquinho de papel. Quando olha para mim, seu rosto está molhado.

— Estou me sentindo culpada. — Seu peito está arfando.

— Por quê?

Seus olhos estão vermelhos e assustados como os de um coelhinho.

— Porque eu não sou uma boa amiga.

— Isso é bobagem — digo, aproximando minha cadeira para perto dela. — Sem você, eu não teria sobrevivido. Deus sabe que minha mãe não tinha ideia do que fazer comigo e aqueles psicólogos da escola só queriam que eu ficasse repetindo a mesma história, detalhe por detalhe, o que me fazia um mal terrível. Foi a pior fase da minha vida. Mas você sempre dava um jeito pra que eu me divertisse.

Ela pende a cabeça para trás e sorri, embora as lágrimas ainda estejam escorrendo pelo rosto.

— Lembra quando fizemos aquele boneco de vodu com a meia de seu pai e pregamos na caixa de ferramentas do meu pai? — Ela ri e seu nariz escorre. — Bom, fizemos uma espécie de terapia inovadora.

— E quando a gente fazia poções envenenadas com *spray* pra cabelo e xarope pra tosse, no caso de ele voltar? — Na real, a gente despejou todo o remédio numa tigela e deixamos sob o sol na garagem meses a fio.

— Ou aquela pesquisa sobre ferrovias subterrâneas que a gente inventou quando você teve de fazer um seminário na aula da senhorita Loughlin?

Dou risada. Lembro-me de um papel azul, dobrado, com a nota dez escrita em vermelho, e que Beth enfiou na minha mochila. Eu não tinha apresentado nenhum seminário o ano todo e aquilo estava me causando problemas. Tinha reuniões semanais com o psicólogo da escola e odiava tudo aquilo. Estavam começando a dizer que eu deveria tomar remédio. Beth me disse que quanto antes eu provasse pra todos que eu já estava melhor, menos eu teria que dar satisfações da minha vida e de meus problemas. Eu me lembro que a professora pulou de surpresa, bem como um monte de outros colegas que pensavam que eu fosse muda ou algo do gênero. Beth vibrou de alegria. Era como se ela fosse a única lá na sala de aula.

Beth respira fundo e tira a malha listada.

— Sei que as coisas ficaram meio loucas nas últimas quarenta e oito horas, e que o passado foi revirado, mas nós duas queremos esquecer tudo isso, então você tem de confiar em mim, Ruby. Seu pai foi embora e as coisas vão voltar ao normal. Você só tem de tirar as coisas da sua cabeça.

— Você acha isso mesmo?

Ela concorda.

— É como alguém que perdeu um parente... eles sempre ficam tristes na época das festas. Não significa que não se recuperaram. É apenas um soluço. Nada além disso. — Ela olha para mim, atenta — Você acredita em mim?

— Sim — quero acreditar nela.

Ela balança a cabeça.

— Não. Você tem que prometer.

Me levanto e ponho as mãos no peito:

— Eu prometo — talvez não seja de todo verdadeiro, mas certamente é tranquilizante escutar que você não está mais confusa. Pelo menos com Beth do meu lado posso passar por isso. Afinal, eu já tinha superado uma vez.

Maria buzina lá fora. Limpo a mesa, ponho os copos sujos na pia, pego meu velho colete de esqui, enquanto Beth enxuga o rosto na manga da blusa. Quando estamos para sair, ela quase me derruba no chão com um abraço.

Me sinto mais leve.

Capítulo 9

Não dá pra confundir a Goodwill[6] com uma loja de departamentos comum por causa do cheiro. É como abrir um armário cheio de roupas de lã em pleno verão. Ou fazer um passeio na casa histórica de Rutherford B. Hayes[7], onde as janelas nunca são abertas e os óculos estão ao alcance para uma leitura noturna. É o cheiro do silêncio. Tudo é envelhecido e mudo. É o melhor cheiro do mundo.

Beth perde o maior tempo ajudando a nos montar para a festa, um plano que ela escreveu no caderno. Como somos suas melhores amigas, ela quer ter certeza de que a gente vai arrasar, e se a gente precisar de conselho é só perguntar pra ela. Ela nos informa que ninguém pode entrar sem fantasia. Diferentemente dos anos anteriores, máscaras baratinhas compradas na farmácia não serão aceitas, nem vai valer a desculpa "eu estou vestida de mim mesma". Tem de haver algum esforço por parte dos convidados. Beth raciocina que se as pessoas não levarem a sério a fantasia, então não levam a sério seu aniversário e não merecem estar ali. Afinal de contas, 16 anos é uma ocasião e tanto, e ela não deixaria que ninguém estragasse a festa. O que, concordo, é justo.

Uma vez que chegamos à Goodwill, uma arara superlotada de camisetas se espalhava diante de mim como um arco-íris. Eu me esgueiro por uma área laranja para abrir espaço e pesquisar as peças, sem procurar nada em especial, mas esperando que a cor oficial do Halloween

[6] Imensa loja norte-americana, espécie de brechó. (N. T.)
[7] Um dos presidentes dos Estados Unidos, de 1877 a 1881.

me inspire na caçada pela roupa ideal. Encontro algumas peças mais--ou-menos e outras não-vai-dar-não até que vejo uma camisa velha do Cleveland Browns colorida como suco de laranja concentrado com pedrinhas de gelo. O símbolo do time está desbotado, tem uma mancha nas costas e as axilas são quase transparentes. É bem macia. Verifico o preço: 2,99, o que quer dizer que no sábado será a metade do preço. Tudo isso saltava aos olhos como uma verdadeira pechincha.

Fico na ponta dos pés e vejo a cabeça de Beth sobressair de uma fileira fluorescente. Sigo pelo corredor de carpete marrom até a seção de saias, balançando meu achado num gesto de vitória.

— Ei! Acho que encontrei a camisa mais transada de todas!

Algumas cabeças entediadas se voltam para mim. A novidade das roupas usadas não é valorizada por pessoas que ignoram esse cheiro e fazem desse lugar inútil. Definitivamente, abaixo o tom de voz.

Beth inspeciona a camisa com os olhos arregalados, enquanto eu me perco no mundaréu de tecidos sobre seus ombros. Tem uma saia de poliéster, uma jaqueta em veludo cotelê, uma velha combinação de cetim, umas *leggings* de lã e um cachecol pouco brilhante. Gostaria de me sentir à vontade com isso e não só com tecido de algodão.

— É, tá bom, pode dar certo — diz, aprovando. — A gente pode pegar uma calça de ginástica branca com listas pretas. Não tenho ideia de onde arranjar um capacete de futebol americano. Ou ombreiras. Acho que a gente podia pôr umas toalhas enroladas debaixo da blusa. Mas você vai precisar de um capacete. Sem ele, não vai ficar parecendo com nada. Então talvez você deva pensar em outra coisa.

— Isso não é pra fantasia — disse, mostrando-lhe a camisa. — É para os outros trezentos e sessenta e quatro dias do ano.

Beth resmunga enquanto parte em direção ao provador.

— Ruby, a gente veio aqui para quê? Minha festa é daqui a uma semana!

— OK, me desculpe. Vou me concentrar na fantasia. — Como se eu pudesse me concentrar em alguma coisa... Ter vindo para esta loja me fez pensar que eu talvez tenha algum distúrbio. As cores me atraem e me distraem. Padrões esquisitos nas etiquetas, falta um botão, tamanhos anormais. Fico pensando nas pessoas que usaram essas roupas. Tipo a camisa do Cleveland Browns. Esse cara devia adorar futebol americano e brigava pela bola com o pai no jardim da casa, tentando marcar um ponto. Posso realmente imaginar a cena.

Maria aparece e vai para perto da janela. Quando decido ir em direção a ela, alguém me interrompe, colocando o braço no meu ombro.

— Espere aí! — diz uma voz esganiçada.

— Ah, me desculpe — encontro Katherine, que experimenta um vestido largo de havaiana. Ela ajeita a coluna e passa por mim, cacarejando como uma bruxa velha e me chamando de um modo que nenhuma velhinha me chamaria.

Maria está se olhando no espelho. Tem uma tira no cabelo e traz uma saia branca de pregas no cabide que pendurou na cintura, então está parecendo uma boneca de papel recortado. É exatamente do mesmo tamanho que a saia de pregas que está vestindo. Ela mostra uma raquete de tênis usada.

— Tudo isso, mais a minha camiseta polo pink. Tchã-rã!

— Não entendo — diz Katherine, sarcasticamente, despencando em cima do espelho e bloqueando a visão de Maria. — Se você quer se vestir com algo diferente, então devia se fantasiar de freira. Uma freira com cinto de castidade.

— E ainda assim chamaria mais atenção que vocês com essas roupas de velha — alfineta Maria.

Katherine mostra o vestido de havaiana e coloca numa arara:

— Isso não é a minha fantasia.

— Bem, Beth não vai deixar você sair daqui sem ela. Você sabe.

Katherine vira os olhos.

— Você não acha que festa de Halloween é coisa pra menininha? Quero dizer, tudo deixa de fazer sentido se você não tem mais medo do escuro.

Penduro o vestido de havaiana num cabide. Devia dizer a Katherine que Beth está levando muito a sério essa festa de Halloween/festa de aniversário. Ela transformou o porão numa casa mal-assombrada, não num salão de festas com algumas gulodices e chocolate caseiro. Ela comprou de um açougueiro verdadeiras línguas de vaca para decorar a mesa. A lista de convidados só tem gente legal. (Eu poderia convidar quem eu quisesse, mas todo mundo que eu conheço já tinha sido convidado.) E este ano, depois do sucesso do champanhe roubado no meu aniversário, Beth convenceu sua irmã Suzy a comprar vodca e framboesa e deixar escondido no cesto de roupa suja, que Beth, e sua mãe distraída, vão recolher do dormitório de Suzy. Mas longe de mim dizer alguma coisa. Deixe Katherine pensar que somos menininhas. Ela pode até nem querer vir à festa. Vamos nos divertir sem ela.

Beth sai do provador e acena para nós. Tá usando uma combinação preta lisa.

— Uma dona de casa malvada? — arrisca Maria. — Adorei!

Beth estuda sua imagem no espelho com um grande sorriso, imaginando algo diferente que ainda não sabemos. — Tenho boas ideias a respeito dessa combinação. — As fantasias de Beth são sempre o máximo, que demandam horas de preparação e reformas. Está um pouco atrasada este ano, mas não tenho dúvida de que vai sair algo bom dali. Ela vira-se para nós: — Maria, adorei! A raquete de tênis usada deu um toque incrível. Bom trabalho. — Ela dá um grande abraço em Maria e ambas vibram de alegria. — E agora vocês...

— Minha fantasia está em casa — diz Katherine. — Confiem em mim, vocês vão amar. — Ela finge estar interessada em uma sunga, então evita nos olhar.

— Ruby, é melhor você escolher logo a sua fantasia porque tenho de voltar pra casa. Davey vai passar lá às seis horas pra gente ver o show da banda do irmão dele. Ele colocou nosso nome na lista e a gente não tem que mostrar o RG. — Maria verifica os torpedos no celular.

Beth vira os olhos. Obviamente está pensando que Maria está perdendo tempo.

Gaguejo e olho para os lados. Parece um depósito. Um depósito de possibilidades. Frustrante.

— Tá certo, dona Indecisa — Beth ri e bate na minha cintura. — Tenho uma ideia. Todo mundo pega uma peça de roupa para Ruby. Vocês têm dois minutos para trazer tudo para o provador. Daí ela escolhe a fantasia vencedora. — Ela vira-se para mim. — Tudo bem?

— Mas e se eu não gostar de nada?

Beth sorri:

— Cale a boca! Claro que vai gostar. — Faz com as mãos uma pistola. — Um... Dois e...

— Espere! — Meus olhos reparam na calça leg e na combinação. — Você não vai se trocar primeiro?

— Já!

Todo mundo sai correndo, inclusive Katherine. Duvido que ela se preocupe com o que eu vou usar. Ela só quer saber de ganhar a brincadeira. Fico à porta do provador, olhando para o relógio. Passo a mão numa dúzia de cachecóis como um cata-vento.

— Faltam noventa segundos — anuncio.

— Que número de calça você usa? — me pergunta Katherine.

— Sei lá, M ou 38.

— Você toparia usar alguma coisa mais sexy? — Maria grita.

— É proibido pedir opinião! — Beth ordena.

Uma por uma, as garotas passam por mim e penduram as fantasias. Ponho as mãos nos olhos para não ver quem trouxe o que, embora esteja certa de que vou adivinhar. Quando acaba o tempo, me empurram para dentro e batem a porta branca atrás de mim.

— Agora, tira a roupa! — Maria fala.

As roupas de Beth estão pelo chão, então empurro-as para um canto. Tiro o colete de esqui, a camiseta, a calça e jogo para cima da pilha de roupas.

Estão todas rindo de nervoso. Fico olhando, por baixo da porta do provador, os tênis Puma de Katherine, o xadrez da Van nos pés de Maria e os pés descalços de Beth, todas em fila, esperando minha decisão.

À minha direita estão pendurados uns shorts azuis de jérsei com um coração supercolorido na parte de trás. Espere um pouco, trata-se de um minimacacão dos anos 1970. É divertido me vestir como Maria e ter um pouco mais de confiança. Mas não pareço tão sexy e gostosona quanto ela. Sou magra e alta e quase não tenho peito.

— Não encontrei os patins, mas é pra se usar com patins de rodinha — grita Maria.

— Tá bom! — me dispo e penduro a roupa. Agora estou preocupada.

Então reparo numa blusa de manga curta e botões atrás da porta. É branca com um desenhinho verde imitando o logotipo das bandeirantes vendedoras de doces. Aquele que parece um biscoito amanteigado.

Eu abotoo a camisa, mas meu sutiã fica aparecendo. Acho que eu poderia usar uma camisa por baixo. O elástico da manga está muito apertado, mas talvez dê para afrouxar a costura. Uma saia verde apertada acompanha a camisa e, embora eu quase sempre use jeans, posso abrir uma exceção para a festa. É um pouco curta, acima do joelho, porém na cintura está perfeita. Passo a faixa verde pela cabeça e percebo que vou ter de fazer eu mesma o distintivo, e eu não sou nem um pouco dotada para trabalhos manuais como a Beth. No entanto pode ser engraçado. De repente, a gente pode fazer juntas.

No todo, a fantasia precisa de ajustes. Preciso de uma meia até os joelhos e de uma boina. Às vezes, acho que sofro de uma doença que faz meu corpo crescer sem parar. E eu queria ser uma bandeirante. Tem algo de saudável e honesto nelas. Pode ser que eu esteja reivindicando minha infância perdida. Sei lá. É uma coisa boba.

Saio radiante do provador.

Katherine dá um passo para a frente e me puxa pelos ombros.

— Parece que eu te conheço bem — sorri com ar de desprezo para as outras.

— O quê? — pergunto.

Beth questiona, perplexa:

— Como é que você não gostou do meu look punk rock? Eu até escolhi uma camiseta, pra você se sentir mais à vontade!

Olhei para dentro do provador. A escolha de Beth — calças rasgadas e pré-lavadas e camiseta um número menor — estavam ainda penduradas no cabide.

— Brinquei um pouco com sua maneira de sentir, e você sabe, este seu jeito de criança com toda a sua infância destruída — Katherine afirma como se eu não estivesse ali. — Deu um certo charme.

Voltei para o provador e bati a porta.

— Ei, Ruby, relaxa. É só uma roupa — diz Katherine.

— Uma roupa bem legal — fala Maria.

Estou tão "p" da vida, manipulada e trapaceada por meu passado que chuto a pilha de roupas no canto e elas voam. Minha calça fica perto da de Beth e dou outro chute, para finalizar. E então vejo algo: metade de um envelope saindo do bolso da calça de Beth.

Pego o envelope com a ponta dos dedos cuidadosamente, como se fosse algo quente. A tinta azul vibra letras borradas até que eu me agacho contra a parede para deixar de tremer.

Embora o envelope seja endereçado a "Rubes", alguém já o tinha aberto. Ela.

Capítulo 10

Querida Rubes,

Espero que sua mãe já tenha te contado; do contrário peço desculpas por ter estragado sua festa de aniversário. Mais uma coisa para acrescentar à lista de coisas estúpidas que fiz.

Acho que deve estar pensando um monte de coisas, assim como eu. Muitas perguntas e pensamentos loucos. Tem muita coisa que a gente deveria ter conversado e muita coisa que é difícil de entender.

Decidi ficar uma semana em Akron antes de voltar ao trabalho. Fui transferido de emprego. Talvez você venha me ver antes de sábado à noite. Mas caso não venha vou concluir que não quer saber mais de mim e não vou mais te procurar.

Estou no Hotel Holiday Inn, perto da estrada, quarto 435.

Seu pai

Capítulo 11

Enquanto leio a assinatura de meu pai, ouço três batidinhas na porta do provador.

— Ei — Beth pergunta, doce e amigavelmente. — Posso me trocar?

Nunca tinha visto sua letra de mão. Algo dos traços pequenos e impacientes assemelha-se aos meus, mas não há tempo para estudar as semelhanças. Enxugo as lágrimas e o chão vibra.

Meu pai não voltou para o Oregon. Está aqui em Akron. Esperando por mim. Não estava dormindo. Tinha escutado os pneus do carro saindo de casa naquela manhã. Ele deve ter deixado a carta na varanda à entrada da casa. E Beth a encontrou pela manhã. E foi por isso que ela estava esquisita e chateada. Faz sentido.

Mas por que ela escondeu a carta de mim? Isso não faz o menor sentido.

Beth mexia na maçaneta de metal e eu podia ver a sombra do seu corpo pelas frestas da porta. Ela tentava me observar do lado de fora.

— Vamos logo, Ruby. Cansei de ver você de calcinha.

A última coisa que eu quero é ser pega fazendo algo errado. O papel de carta está colado nas minhas mãos e não quer sair. Dobro-o e enfio-o de volta no envelope. As coisas de Beth estão aos meus pés. Eu me agacho, coloco o envelope no bolso da calça e chuto tudo para um canto. A bolsa de Beth é virada e o caderno com as anotações da festa e uma caneta caem da bolsa. Rapidamente, rabisco bem pequenininho o número do quarto no antebraço. Depois, destravo o trinco, abro a porta e ponho o dedo na boca. Beth levanta as sobrancelhas enquanto lança os olhos castanhos sobre mim. Rapidamente, dá um passo para a frente e tranca a porta.

— Katherine realmente chateou você. — E me acaricia o rosto. — Ruby, sei que não foi nada engraçado, mas ela só estava brincando.

Desabotoo a camisa de bandeirante e me viro para o espelho. O pescoço e as orelhas estão vermelhos de raiva. Solto o elástico e deixo cair os cabelos grossos escuros. Parece que está tudo bem por trás das aparências.

— Não. Tá tudo bem. Só está um pouco abafado aqui dentro. — Minha voz está esquisita e desencarnada.

Trocamos de roupa em silêncio, de costas uma para a outra, enquanto minhas veias continuam pulsando sangue quente para o corpo. Concentro-me na respiração, mas perguntas enraivecidas continuam a me sufocar. Por que ele cismou que quer me ver agora? Não dava pra perceber que não quero nada com ele? E por que Beth não me disse nada? Porque a cada minuto que passa ela continua mentindo para mim.

Beth desliza a combinação de seda sobre a cabeça. O tecido, ao ser atritado, emite cargas elétricas.

— Escute só. Não quis te provocar com essa história da fantasia. — Ela bota a calça superapertada e dá uns pulinhos para ajeitá-la na cintura. — Pode parecer estúpido, mas não queria que a Katherine ganhasse. Eu queria ser a pessoa que melhor te conhecesse.

Não digo nada. Só espero, e espero, e espero para ver se ela vai me confessar afinal. Posso ouvir sua respiração. Cada inspiração é bem profunda, como se fosse iniciar um grande discurso. Mas ela não me diz nada. Ela simplesmente continua respirando e eu continuo esperando.

— Beth, eu... — tento olhar diretamente para ela, mas meus olhos se desviam para o carpete sujo. Quando é que ela vai me contar?

— Nem me diga, porque sei que tô estranha. Você vai ficar linda de bandeirante. Compraria um zilhão de doces seus.

Estou tão confusa que não consigo pensar direito. Calço e amarro o tênis New Balance. Já vestida, Beth se agacha para dar mais um nó no cadarço. Olho para a curva da sua coluna e então para os bolsos traseiros. Não dá pra ver a carta, nem mesmo um pouquinho.

Beth sorri para mim:

— Então, tudo bem?

Concordo com a cabeça. É tudo o que consigo fazer por ora.

Beth abre a porta para mim. Assim que ponho os pés na loja, Katherine aparece como um raio vindo de trás de uma prateleira de romances com papel amarelado e rasgado. Ela fica bem no meu caminho e afasta o rabo de cavalo da boca. Os cabelos loiros estão mais escuros de saliva.

— Ei, Ruby, quero te pedir desculpa.

Passo direto por ela e vou para o caixa, segurando a fantasia com uma das mãos e na outra o dinheiro. Meu pai também quer pedir desculpas. Usar meu perdão para diminuir seu sentimento de culpa, como Beth me disse no parque. Infelizmente, não estou me sentindo muito piedosa e também estou cansada de ter pena de mim mesma.

Katherine vai até em casa sentada no Banco Menstruado. Sento-me do lado dela e ignoro seu balançar funk para observar os carros passando, analisar a situação como um todo e tentar entender o que está acontecendo. Penso que Beth não me contou nada porque as outras meninas estavam junto. Ela está esperando que a gente fique sozinha. Isso faz sentido. Provavelmente ela está no banco da frente bolando um jeito de me contar.

Quando Maria dirige através da Magnolia Hill, posso ver a placa do Holliday Inn à distância. Devem ser uns oito quilômetros de casa. Penso que Jim está me esperando, perguntando-se se eu já li a carta. Esperando se eu vou dar as caras. Beth equaliza o som das caixas do rádio no banco de trás. Não vê o hotel. Não está vendo nada.

Maria nos deixa na minha casa. Eu e Beth caminhamos pela entrada de pedrinhas, os pés em sintonia, mas entre nós há uma rua de distância. Estou contendo a respiração. Vai acontecer agora. Tem que acontecer agora.

— Queria não ter que ir para a casa de Suzy hoje à noite — ela lamenta. — Não fosse pela bebida, pediria à minha mãe para ir sozinha. Estou meio paranoica de que ela descubra tudo, mas acho que vale a pena, não é? Quero dizer, festas de aniversário são bem infantis sem bebida. — A bicicleta verde de dez marchas de Beth ainda está na porta da frente e o vento da tarde juntou algumas folhas secas ao redor.

Ajoelho-me perto de Beth e mexo as mãos levemente sobre a folhagem. O frio entra pela minha roupa e esfria meus joelhos. Talvez de um modo meio estranho ela esteja tentando me proteger. Ela vive me dizendo para esquecer as coisas, até que se resolvam sozinhas. E a coisa é que, se tivesse sido eu quem tivesse encontrado a carta, eu a teria mostrado a Beth e perguntado o que ela achava, o que eu deveria fazer. Talvez Beth esteja me poupando de um estresse. Se não tivesse tido um ataque hoje de manhã, na cozinha, ela talvez tivesse me mostrado a carta. Só deve estar esperando o momento certo.

Por que agora não é o momento certo?

Beth se levanta e estende as mãos. Pega as minhas, firmemente, e me alça.

— Vou ficar com o celular o tempo todo hoje à noite. Ligue se precisar de alguma coisa. Sério, qualquer coisa. — Monta na bicicleta. — E lembre-se: não tem que se preocupar com nada.

— Tá bom. — Meto as mãos nos bolsos do colete de esqui.

Ela sai pedalando pela rua. Ainda vejo-a acenar antes de chegar ao fim do quarteirão. Então buzina e acena uma última vez antes de desaparecer, virando a esquina.

Estou no jardim da frente, fiquei completamente atordoada. Nem sei por quanto tempo. Beth diminuiu um dia de um possível encontro. Restam sete dias para que ela me dê a carta, sete dias em que vou fingir que tá tudo normal até que ela se abra comigo.

Capítulo 12

Minha mãe deve estar tramando alguma coisa. Ela está andando para lá e para cá pela casa, mete a cara para dentro do meu quarto e solta um grito de Halloween nada assustador. Imagine uma professora de Educação Infantil possuída pelo fantasma de um gatinho. Então, se arrasta escada acima e abaixo.

É muito tonto para não dar risada. Mas de algum modo me contenho. Toda vez que minha mãe age meio estranho fico automaticamente séria. É um reflexo. E, hoje, principalmente não tenho vontade nenhuma de brincar. Não sei se é isso o que ela quer ou se ela quer me dizer que as coisas por aqui voltaram ao normal. Ou talvez ela tenha revisto Jim, ou então saiba da carta e está esperando que eu lhe mostre. Desculpe, mas isso não vai acontecer.

Meu quarto vibra em sintonia com os passos dela. Lá vem ela me assustar de novo. Pego a câmera e tiro uma foto dela passando pelo corredor só para lhe mostrar como parece tola. Por algum motivo a Polaroid revela algo estranho e nebuloso, o que é constrangedor.

— Você não pode fotografar um fantasma — grita e dança em volta de mim.

É isso o que dizem sobre vampiros. Não fantasmas. Entretanto, me preocupo mais com o fato de a câmera ter algum desajuste. Então, sento-me à escrivaninha e verifico o filme, ignorando-a.

Quase nunca comemos juntas, sobretudo nos fins de semana, quando ela trabalha turnos extras no hospital. Geralmente, saio com a Beth e as meninas antes de ela chegar em casa. Às vezes, digo que vou ficar em casa ou sair com ela, se não há mais nada a fazer, mas ela prefere ficar sossegada. Assistir a qualquer filme antigo na TV, experimentar um novo sabor de chá que comprou na lojinha do hospital ou passar creme no cabelo.

Enfim, quando jantamos juntas, ela gosta de preparar uma grande produção. Aproveita alguma receita de revista, com algum ingrediente tão esquisito que temos de perguntar ao funcionário do supermercado se ele sabe onde se encontra. Arruma a mesa com os pratos mais chiques que ficam guardados no canto do armário. Ajeita os cabelos escuros, retorcendo-os e senta-se perto de mim, vestindo uma camisa que é muito bonita para trabalhar. Por vezes, ela até acende uma vela. Sempre apago antes de me sentar. Não quero ser estraga-prazeres, mas é muito estranho um jantar à luz de velas só com sua mãe.

É óbvio o porquê de ela preparar tudo isso. Ela não tem uma vida só pra ela. E isso é um saco. Namorar faria bem a ela, e a mim também, acho. Não que eu queira que ela se comporte como a Maria. Namorar é cena de café na cama, escolha de vinhos, observação de árvores que mudam de cores e outras coisas de que os adultos gostam. Ela poderia encontrar um cara legal.

Não seria difícil para ela encontrar alguém. Ela é jovem e bonita, uma mãe divorciada no saudável estilo de Ohio. Cabelos brilhantes, maçãs do rosto rosadas, pernas e braços vigorosos. A coisa mais triste é que se feche cada vez que um homem olhe para ela mais tempo do que ela acha que deveria.

Uma vez um homem deu um encontrão nela enquanto esperávamos uma vaga no estacionamento do correio. Foi superconstrangedor e eu teria me enfiado no porta-luvas caso fosse possível. Ele lhe disse afetuosamente que já a tinha visto pela cidade e que queria se apresentar. Dava pra perceber pelo modo como pousou as mãos em cima do carro.

Não era um joão-ninguém. Devia ser um homem de negócios, pois usava terno e gravata e calça azul-marinho que tremulava um pouco com a brisa de primavera. Parecia muito legal e bonito. Ainda mais alto que Jim. E mais forte. Seus dentes eram brancos, retinhos, confiáveis, e não amarelos de fumo.

Minha mãe não estava gostando. Assim que ele começou a falar, o lábio dela superior se dobrou como se ela tivesse tomado algo amargo.

— Não em frente da minha filha — disparou, antes de fechar a janela do carro. Passamos na loja de conveniência e voltamos para casa em silêncio.

Somos como dois amigos que foram juntos para a guerra. Temos uma história, nos amamos e somos companheiras, mas nenhuma de nós quer reviver as batalhas por que passamos ou comparar nossas feridas. Estamos satisfeitas com o passado que pesa entre nós sem fazer nenhum comentário ou suspiro. Nenhuma de nós quer puxar o gatilho das memórias doloridas.

Minha mãe finalmente me chama para jantar. Antes de descer as escadas, ajusto a câmera e deixo-a à altura do peito, voltada para meu rosto. O *flash* não funciona, mas a foto sai. Um minuto antes de eu piscar. Minhas pupilas estão maiores do que normalmente, ávidas de beber a noite. Como se eu fosse vazia.

O micro-ondas apita e anuncia a minha chegada.

— Espero que você não se importe de comer comida requentada — diz ao servir dois pratos quentes com o *ziti* do meu aniversário. Esquecendo-se de que tinha coberto a mesa da cozinha com jornal, põe os pratos num espaço pequeno no balcão.

Não me importo com comida requentada. É sempre mais gostoso o *ziti* que ficou na geladeira. Mas hoje à noite o jantar está bem mais casual que o normal. Sento-me e percebo uns cupons da mercearia espalhados na mesa; algo meio suspeito:

— Para que tudo isso?

Minha mãe se vira para mim com uma faca na mão e me lança um olhar arregalado. Parece um paciente que escapou do hospício, vestida de enfermeira e cabelos caindo pelos lados. Ela se move ameaçadoramente para mim, põe um saco de papel marrom na mesa e dá um murro nele com a intensidade de um *serial killer*.

Dou um pulo para trás na cadeira. Minha mãe para um pouquinho para admirar o efeito de tudo aquilo:

— Você ficou com medo?

Viro os olhos e ignoro que estou suando frio na nuca.

Então, ela levanta a faca outra vez acima da cabeça. Dessa vez, fatia o saco de papel em quatro pedaços de onde saem duas abóboras sujas. Ela espera pela minha grande reação, as sobrancelhas levantadas em ansiedade.

— Ei — digo, bem menos entusiasmada do que penso. É que ficar esfaqueando abóboras para Halloween é algo bem esquisito e sentimental pra ficarmos fazendo juntas.

— O quê? O que tem de errado nisso? Halloween é na semana que vem — brinca, querendo que eu concorde com ela.

Não vai tirar os olhos de mim, então eu me levanto e procuro na gaveta um pincel atômico.

— Não há nada de errado.

Ela sorri mais relaxada e percebe que vou continuar a brincadeira.

— Acho que nos anos passados um monte de crianças não bateu à nossa porta porque a nossa casa não tava decorada. — Dá um tapinha na própria barriga surpreendentemente em forma. — E mal posso esperar para comer todas aquelas guloseimas.

Tem algo que ela não está me dizendo, mas acho que não tem nada que ver com a carta de meu pai. O jantar é um encontro só pra nós duas.

Minha mãe prepara uma série de facas, pega uma forma para assar e aproxima a lixeira da mesa.

— Tive essa ideia hoje depois de ver um programa de TV no quarto de um paciente — diz, ajeitando-se na cadeira e pegando a menor das abóboras. Ela a corta pela metade e separa o talo. — Você pode fazer um nariz com o talo e depois uma carinha. Você não acha perfeito?

— Bom, vai ficar difícil acender uma vela dentro da abóbora. — Dou um tapinha na abóbora, que rola sobre a mesa.

— Hummm — ela pega o vegetal e embala com os braços; alguns pedaços caem no seu colo. Faz um muxoxo.

— Pode continuar, mãe. Não quis dizer...

— Não, acho que você está certa — ajeita melhor os cabelos para trás.

Não deveria ter estragado sua diversão. Ela se diverte tão pouco. Tento então espantar meu mau humor.

— Bem, vamos lá, se você fizer um sorriso, eu farei as sobrancelhas. E a gente pode colocar nas escadas na frente da casa.

Ela concorda comigo, pega uma faca menor e começa a cavar um círculo.

Limpamos as sementes e a polpa. Minha mãe faz tudo de um modo muito limpo, enquanto eu me sujo de polpa laranjada. A gente não está conversando nem nada. Toda vez que olho para ela, ela está olhando fixamente para mim, meio triste, como alguém que escuta uma história divertida sobre um morto em seu funeral.

— O que você vai vestir na festa de Beth? — pergunta para mim, enquanto acende a chaleira no fogão.

Escavei uma bela sobrancelha. É larga, dois retângulos, como grelhas em uma fornalha assustadora de porão. Só precisei da faca certa. Pequena e delicada.

— Achei uma roupa de bandeirante na loja hoje.

Minha mãe fecha os olhos como se estivesse sonhando:

— Você sempre quis ser uma bandeirante! Você me mostra a fantasia?

— Talvez mais tarde. — Faço um corte largo e pressiono um pouco, tentando manter a faca alinhada.

— Você sempre foi muito tímida para isso — ela toma o saleiro e cobre de sal as sementes antes de colocá-las dentro do forno.

"Muito tímida" era como minha mãe se referia ao que tinha me acontecido depois que meu pai tinha saído de casa. O que considero ao mesmo tempo irritante e engraçado. Quero dizer, fujo um pouco da realidade, mas...

— Não era timidez, mãe — procuro perceber com os olhos a reação dela. — E você sabe: eu enlouqueci.

Ela dá um sorriso amarelo, como se não tivesse me escutado.

— Você podia ser uma bandeirante agora, se quisesse.

— Hummm, acho que não. — Minhas mãos estão viscosas e começo a ter problemas em segurar a abóbora, então ajeito-a entre as pernas.

— Ah, mas você pode! Algumas são mais velhas. É como os meninos escoteiros. Não exatamente como eles.

— Mãe, eu não quero ser bandeirante. É só uma fantasia pra Halloween.

Ela pousa o pincel atômico na mesa e olha para mim, como se eu tivesse feito algo errado.

— Você pode fazer o que quiser, Ruby. É isso o que estou querendo dizer.

Acho que ela tem boas intenções ao falar comigo de mãe para filha. Não quero ficar irritada nem impaciente com ela. É só que acho tudo isso sem sentido. É óbvio que a presença de Jim paira sobre nós, entretanto ela finge que está tudo supernormal por aqui. Acha que está me protegendo, só que na verdade está tão confusa quanto eu: e é até pior, porque ela está escondendo isso de mim. Minhas mãos tremem e acho que vou estragar a abóbora. Então, largo a faca em cima da mesa e vou para perto do balcão.

Decido jogar o jogo.

— Ontem fui a uma festa na casa de Teddy Baker — digo, balançando um garfo cheio de *noodles*.

— Ah, é? E como foi?

— A mãe dele fugiu com o dentista. Você sabia disso?

— Sim — responde, olhando para a cadeira vazia em que eu estava sentada até há pouco tempo. — Acho que ouvi essa história.

— Hum-hum — digo, comendo. E largo o garfo dentro da pia, jogado entre a louça suja. — Posso perguntar uma coisa?

— Pode. — Ela pressiona a ponta da faca na abóbora e segura bem firme.

Não é o modo mais natural de mudar de assunto, mas é o meu jeito.

— Você acha que você vai namorar outra vez?

Ela enruga a testa:

— Espero que você não esteja insinuando que eu deva namorar o sr. Baker.

— Ah, não, não é isso. — Volto a me sentar e a cavar a abóbora. — Só estou dizendo que você é divorciada e pode fazer o que quiser. Você sabe, é a mesma coisa que disse para mim. — Fico tensa assim que acabo de dizer isso. Queria não ter dito, mas não deu, já foi.

Ela respira fundo e desliza a faca na abóbora.

— Ruby, sou sua mãe, não sua melhor amiga. Minha vida pessoal não é da sua conta e gostaria que você respeitasse a minha privacidade.

— Por que você ficou ressentida? — Não quero magoá-la, quero ajudá-la.

— Por que você está querendo me chatear de propósito? — ela pergunta, como se eu fosse uma traidora, a pior filha do mundo.

— Eu não estou fazendo de propósito! Só quero conversar de verdade sobre algumas coisas.

Não entendo por que algumas pessoas estão querendo me proteger e não deixam que eu viva a minha vida. Estou prestes a largar a faca e sair correndo da cozinha quando de repente sinto que cortei o dedo. Algo quente e úmido se mistura com a abóbora: sangue.

— Ruby! — Minha mãe pula e segura firme meu dedo. Levanta a minha mão como se eu fosse a Estátua da Liberdade ferida e me leva até a pia.

— Olha só o que você fez!

Desajeitadamente, tenta abrir a caixa de primeiros socorros com uma só mão. Está xingando.

— Não tenho que ficar dando satisfações da minha vida para você. — E passa algodão umedecido no corte.

Não está doendo, mas estou chorando.

— Então pare de querer que eu faça companhia pra você nos seus patéticos sábados à noite em casa, porque eu tenho uma vida.

Finalmente funciona. Ela larga a caixa de primeiros socorros no chão e vai para o quarto. Eu tenho de fazer o curativo.

Capítulo 13

Não adiantou muito.

Ela era uma máquina de empacotar, encaixotar coisas, revirar quarto por quarto. Minha tristeza estava no meio do seu caminho. Queria protelar o empacotamento das coisas como se fosse a última vez que as veria. E era mesmo. Sabia que a nova casa não seria um lar.

Para que eu saísse do caminho, ela me pediu que empacotasse os brinquedos no porão a fim de que vendêssemos à Goodwill. Duvido que tivesse me mandado até lá se se lembrasse de tudo que estava no porão, entre os brinquedos. Encontrei algo escondido no fundo de uma sacola embolorada e cheia de calças dobradas e tops com ombreiras enormes. Era um caderno em espiral com capa vermelha.

Minha mãe escrevia somente com caneta preta em excelente caligrafia. Linda mesmo. Folheei até o fim do caderno e vi os dias da sua vida irem passando.

Algo rangia sobre mim. Minha mãe andava da cozinha para o banheiro, do banheiro para a varanda. Pus o diário dentro da calça e fui imediatamente para a casa de Beth.

A princípio, Beth não queria ler para a gente porque pensou que as coisas poderiam piorar. Então, saltou para o fim do caderno e leu os últimos parágrafos, que tinham sido escritos antes de eu nascer, e aí decidiu que tudo bem.

Beth leu o diário de ponta a ponta durante a noite. Juntas analisamos fatos, boatos e possíveis trivialidades. O tipo de coisa pessoal que minha mãe não me contaria nem em um milhão de anos. Principalmente depois que ele foi embora.

Ela tinha estudado na universidade de Akron, química e enfermagem. Ele a abordou no corredor de um jeito convencido e perguntou-lhe as horas. Educadamente, ela apontou-lhe o relógio de prata que ele estava usando. Ele sugeriu-lhe que ela enforcasse a próxima aula e fossem tomar cerveja. Negando seus princípios, ela aceitou. Tinha completado a maioridade uma semana antes e estava grata por isso.

Foi o primeiro encontro.

Minha mãe não tinha muita experiência com meninos: um namorado no Ensino Médio, e um caso de uma noite, um amigo do irmão mais velho que a desvirginou poucos meses antes de ela conhecer meu pai. Acho que foi por isso que ela se apaixonou tão depressa, em poucas páginas.

Até que ele fez algumas coisas românticas como esperar por ela no ponto de ônibus quando ela saía do trabalho, no hospital. Ele vestia seu único terno e trazia sobre os ombros um vestido dela. Então iam a um jantar elegante na churrascaria no alto da colina. Até mesmo Beth admitiu que era um modo clássico de abordar e fiquei orgulhosa disso.

Ainda sem ter comprado as alianças, pediu-a em casamento na frente de duas amigas dela, sete meses depois. Eles compraram a casa quando minha mãe engravidou.

A princípio meu pai se recusava a trabalhar para a Goodyear. Ele se virou por uns tempos como carpinteiro, bombeiro e quebra-galho para os vizinhos. Mas à medida que a barriga de minha mãe foi crescendo, ele se rendeu a certa estabilidade.

Depois do primeiro dia como maquinista das operações de solo, ela passou para ele o terno novo, aquele com que ele se casara. Depois que a mãe dele havia morrido, preparou-lhe um banquete e tanto para o dia de Ação de Graças. E como naquela época as mãos dele estivessem calosas e mais grossas do que nunca, deu-lhe de comer com o próprio garfo.

Eu estava tão confusa. Parecia que eles só tinham tido lembranças felizes. Mas Beth disse que diários são como álbuns de fotografia. As pessoas não colam fotos feias. Só guardam as fotografias em que estão bonitos e contentes.

Levei o diário para casa na manhã seguinte, pus de volta no lugar e esperei que minha mãe o encontrasse. E ela o fez, durante a tarde. Enquanto eu embrulhava sua coleção de chaleiras, observei-a, com o rabo do olho, folhear o diário. Pensei que ela fosse ficar emocionada e triste: tomara que ela não chorasse. Mas tudo o que ela fez foi soltar um grande suspiro antes de jogá-lo no lixo.

Capítulo 14

Odiosamente me levanto em um domingo de manhã para observar a coleção de manchinhas azuis no teto branco do meu quarto. É o tipo de mancha que aparece quando você fica olhando contra a luz, embora, às 4h55, meu quarto esteja totalmente às escuras, assim como o céu. Esfrego os olhos e as manchas desaparecem lentamente, mas fica a memória de onde as vi.

Vou até a escrivaninha vestida com a calça de abrigo. A lâmpada ilumina a prova de inglês de sexta-feira que está sobre um monte de livros. Toda a margem esquerda está borrada de azul, enquanto a palma da minha mão percorre o ensaio sobre as manifestações de culpa em *Macbeth*. Esse tipo de borrão incrimina qualquer pessoa canhota, e as marcas são quase idênticas àquelas na margem da carta de Jim. Suas frases estão borradas e aos pedaços na minha memória, mas vejo os borrões em detalhes delicadamente enredados nas impressões.

Desço para comer algo. A porta do quarto de minha mãe está escancarada: ela está coberta com um acolchoado macio branco e todos os travesseiros e almofadas estão empilhados na cadeira. Ela dorme bem perto da beira da cama e quase nem remexe os lençóis. Fecho a porta.

Minha mãe deve ter se levantado no meio da noite para limpar a cozinha depois da nossa batalha com as abóboras, porque estava imaculada: as facas lavadas no escorredor, a lixeira com saco de lixo vazio cheirando a limão e um tupperware cheio de sementes no centro da mesa. Eu poderia ter limpado tudo antes de ter ido para a cama, mas não quis. Afinal, não tinha feito nada de errado e a ideia tinha sido dela.

Abro a porta da frente e dou um passo para fora. Mesmo que o dia já tenha começado, ainda é muito cedo para ver o sol atrás das nuvens. O ar está pesado e úmido, o asfalto brilha depois de uma noite chuvosa e tranquila e todas as folhas mortas caíram das árvores. Duas abóboras decoradas com velas pousavam nos degraus da escada. Minha mãe terminou de cortá-las, seguindo os traços marcados com caneta com a precisão de uma enfermeira. Em cada uma delas as velas tinham sido queimadas, deixando para trás uma concha vazia de alumínio e um pavio chamuscado.

Tiro o band-aid. Tenho uma cicatriz escura, fina e comprida no polegar. Pode ser que me lembre um pedido de desculpas ou um sentimento de culpa. Ainda não sei.

Uma brisa sopra as folhas das árvores e demora um pouco até que eu sinta frio. Enrolo os pés descalços nas pernas da calça do abrigo, transformando-as em pantufas improvisadas. Piso no tapetinho onde está escrito "Bem-vindo" e onde provavelmente Jim deve ter deixado a carta ontem.

Agora mesmo, no Holliday Inn, ele deve estar tomando um café da manhã continental numa mesa perto da janela: docinhos, café sem açúcar, suco de laranja. Ou talvez tomando um banho quente pensando se o telefone vai tocar. Ou então está deitado na cama, olhando para a luz verde do alarme de incêndio, no silêncio do quarto, e pensando se não foi um erro ter me procurado. Essas imagens passam por minha cabeça como uma projeção de *slides* entediante, em que os cromos têm as cores superexpostas.

A realidade é que embora Jim esteja aqui, ele logo irá embora. Ele admitiu isso na carta: ele foi transferido de emprego. Não posso permitir que minha vida vire uma confusão de novo. E sei que também não posso ficar obcecada com essas ideias. Não é bom para mim. Vou ter de encontrar um modo de passar por isso e controlar a situação. Pelo menos até que Beth resolva finalmente me entregar a carta.

Então tenho uma ideia.

Não é muito longe. Não há quase trânsito a essa hora da manhã. Vou de bicicleta pelas ruas principais. O vento bate forte contra meu corpo e me protejo, a ponta do cachecol voando para trás.

A entrada do Holliday Inn é ampla e fica entre duas colinas cobertas de verde. Passo por uma placa que indica uma conferência dos trabalhadores da indústria de borracha. Poucos carros estão estacionados perto da entrada. Mais para o fim, perto de um salgueiro cujos galhos estão cobertos de musgo, vejo o caminhão azul.

Paro a bicicleta ao lado dele, fazendo com que o caminhão constitua uma barreira entre mim e a entrada do hotel. Eu me agacho e observo as janelas do hotel por trás do carro. A maioria das cortinas bege está ou completamente fechada, ou totalmente aberta, indicando quarto não ocupado. Poucas estão semiabertas, mas aparentemente não há ninguém. Quatro homens de terno e gravata colorida se aproximam, fumando. Valise de couro ao lado de sapato de couro. Eles não me veem.

Continuo agachada e vou até a parte da frente do carro para conferir a placa de Oregon. É estilosa. Uma grande árvore verde desenhada entre os seis dígitos e duas montanhas escuras ao fundo. É muito mais bonita do que a placa azul, vermelha e branca de Ohio. Corro os dedos pelos números e letras, tirando um pouco do pó. Depois, penso melhor e limpo as digitais com o cachecol.

A frente do caminhão é dentada e coberta de ferrugem. O para-brisa está cheio de insetos mortos da longa viagem. Alguns deles ainda têm as asas intactas, mas o corpo está esmagado, grudado no vidro como limo.

Não sei por que, mas pego a Polaroid da bolsa e tiro uma foto.

Aí vou para perto do banco do passageiro e observo pela janela. Basta um instante para me lembrar de tantas coisas: Jim me levando para a escola ou para o Giant Eagle. Eu era bem pequena, e costumava enfiar os pés dentro do porta-luvas para evitar ficar escorregando de um lado para o outro no banco. Tem uma caneta Bic azul em cima do banco e a tampa está comida. Deve ter escrito a carta com ela. Observo o porta-luvas, tentando verificar se dá para ver as marcas dos meus tênis, mas é claro que não dá. A cama do caminhão está cheia de caixas e bolsas cheias de coisas que são a sua vida.

Tiro mais algumas fotos, recolhendo cada uma antes de estar completamente revelada e pondo-as com delicadeza no bolso da frente da mochila. Em uma das fotos das rodas dá para ver o meu reflexo e a câmera. Ficou superlegal. De repente não me preocupo se me descobrirem ali. Sinto-me corajosa e poderosa.

Passos de alguém com salto alto se aproximam atrás de mim. Eu me viro e vejo duas mulheres com roupa de trabalho, maquiadas, que me observam de modo suspeito, os olhos espessos de rímel. Acho que mereço a suspeita, já que estou xeretando onde não devo e tirando fotos de carros vazios. Quando passam por mim, ainda alongam o olhar.

Não me importo. Devo dar o fora mesmo!

Então subo na bicicleta e tiro uma foto de mim mesma me despedindo de Jim. Digo-lhe que é minha culpa que as coisas estejam assim. Não estou mais gritando como na festa do meu aniversário. Estou calma e equilibrada, o que me deixa contente e orgulhosa. Jim abre a boca em defesa. Seus lábios estão se mexendo, enrugam-se, afrouxam e abrem-se rapidamente. Mas não emitem palavra. É como ver TV sem som.

E ele não tem voz porque não me lembro de como é.

Afasto a imagem com os pneus da bicicleta derrapando no asfalto molhado e quase vou parar no chão. Ele disse meu nome naquela noite. Disse sim. Mas não me lembro de sua voz. Já me esqueci de novo.

Em vez de comemorar que as coisas finalmente estavam voltando ao normal na minha cabeça, largo a bicicleta e caminho firme para o *lobby* do hotel, embora cada músculo esteja enrijecido e me dizendo para não fazer isso. Um homem atrás do balcão sorri para mim. Ele está atendendo àquelas duas mulheres do estacionamento e não quero chamar ainda mais a atenção. Então, me afasto um pouco delas em direção a três telefones brancos colocados um do lado do outro. Sobre o balcão tem um monte de crachás laminados com nomes impressos, e a música ambiente está um pouco alta. Estou suando frio quando pego o telefone. Meu dedo está doendo e a unha está meio quebrada, mas ainda dá para discar: 435.

Toca só uma vez.

— Alô — ele me diz. É uma voz grave, provavelmente por causa do fumo. E cansada. Como se estivesse meio dormindo. Dá para ouvir a televisão de fundo. Talvez ele não tivesse dormido.

Ele diz "alô" novamente, quase tão depressa que nem dava para ter respondido. Está ansioso. Acho que pensa que sou eu que estou no *lobby*, esperando por ele. Ele quer que isso seja verdade.

Na terceira vez, ele fala meu apelido: "Rubes". Eu me arrepio. Desligo, corro para a bicicleta e pedalo o mais rápido que posso em direção a minha casa.

Capítulo 15

É segunda de manhã e Katherine está sentada no chão do corredor com as pernas cruzadas, chorando. Beth está perto dela com os braços sobre seus ombros. Estou de pé, os livros contra o peito, e Maria, a meu lado, olhando para as crianças que param para ver o drama. Sou a única que está envergonhada.

— É patético — diz Katherine, dando um espirro explosivo. — Meu pai me conta toda essa história horrorosa de que vai abandonar minha mãe e se mudar para um apartamento, e aí ele volta pra casa e vai dormir no quarto de hóspedes.

Definitivamente, nunca vi Katherine tão mal. E embora seja reconfortante ver alguém com problemas piores do que os seus, estou meio pirando com isso. É como ver alguém, literalmente, desmontar na sua frente.

Beth olha para mim e esboça um sorriso tímido. Ela não está surpresa. Já viu esse filme antes.

— Ruby, você tem lenço de papel?

— Não tenho, me desculpa. — Estou surpresa. Katherine está desfigurada.

Maria tira do fundo da bolsa um pacote de Kleenex com motivo de leopardo.

— Tome — diz, estendendo e sorrindo.

Katherine pega sem agradecer.

— Você quer tomar alguma coisa? — Beth pergunta, num tom conciliador.

Katherine ri. É estranho, perturbador e totalmente inapropriado.

— Não, quero contar o que aconteceu.

— Tudo bem, tudo bem. Só não tinha certeza se você queria conversar sobre isso agora.

Katherine vira os olhos para Beth, como se tivesse todos os motivos para ficar bem aborrecida.

Não aguento ficar olhando para elas, então me viro para os dois meninos que estão na fila para tomar água da fonte. Odeio que Beth tenha se envolvido tanto com os problemas familiares de Katherine a ponto de nem me telefonar no domingo. Teria sido o momento ideal para falar com ela sobre a carta. Está além da minha compreensão o que se passa na mente dela.

Katherine pisca e franze a testa.

— Tinha me levantado e estava indo tomar um banho e veja só quem está saindo do banheiro enrolado na toalha: meu pai! — assoa o nariz no lencinho e joga-o no chão. — E eu fico me perguntando "O que você está fazendo aqui? Você se mudou, esqueceu?". Ele faz uma cara de bosta e diz "sssssshhhh". Então, passo por ele e vou até Kayla e Jared, que estão assistindo a um vídeo besta pela milionésima vez, e ambos olham para mim e me dizem: "O papai está de volta!".

— Que horrível! — diz Beth com um suspiro triste. Pega uma mecha do cabelo da amiga. Bem, não dá para negar que está sujo. As raízes loiras escuras são abundantes no couro cabeludo, e as pontas são pegajosas. Beth parece não se importar porque começa a fazer uma trança, como costuma fazer comigo.

Katherine passa para ela um elástico de cabelo que tinha no pulso. Elas estão relaxadas, meus dentes estão trincando de tensão.

— Enquanto isso, minha mãe está preparando um enorme café da manhã. Então, vou até a cozinha e digo o que estou pensando.

— O que foi que você disse? — pergunto.

Katherine olha para mim com olhos intensos.

— Eu a chamei de puta. E digo pra ela pôr um fim naquilo, e se ela não o fizesse, eu é que faria.

Estou passada, e Maria e Beth também. Nós três nunca diríamos uma coisa dessas a nossa mãe.

— E aí? — Maria diz, finalmente. — O que sua mãe respondeu?

— Nada — Katherine esclarece, com uma ponta de orgulho. — Continuou pondo fatias de *bacon* na panela. E daí eu caí fora.

Katherine descruza as pernas e percebo que ela ainda está de calça de pijama. Usa tênis sujo sem meia, uma camiseta superlarga do time de basquete da escola, mas mesmo larga dá para distinguir sua silhueta. Está sem sutiã.

— Escutem, vou enforcar a aula — diz Katherine bem entediada. — Não quero ficar aqui. Olhem para mim. — Dá uma aprumada, mas o lábio inferior treme. Dá uma mordida no lábio, que fica esbranquiçado.

Beth balança a cabeça.

— Não, não deve enforcar a aula. Confie em mim, isso só vai piorar as coisas. Você tem de parar de pensar nessas coisas. — Ela mete a mão dentro da bolsa e puxa para fora um chumaço de tecido preto. — Você pode pegar emprestado meu sutiã. Está limpo.

— Devo ter um jeans no carro. Vai ficar grande em você, mas melhor que pijama. — Maria grunhe e Katherine solta um sorriso tímido e agradecido. — Vou deixar na sala de aula — grita Maria, enquanto vai para a porta.

Não tenho nada para oferecer a Katherine. Então, estendo a mão para que ela se levante do chão.

— Sério: vá para a aula e tente esquecer tudo por enquanto.

Katherine se ajoelha e se levanta sozinha.

— Não é o tipo de coisa que dá pra esquecer, Ruby. — Caminha pelo corredor zangada. Estou zangada também. Não é minha culpa que ela esteja enfrentando esses problemas. Por que está irritada comigo?

Beth e eu vamos para a sala de aula. No caminho, alguns meninos nos contam que arranjaram fantasias bem legais para a festa de Beth. Ela é toda sorrisos e encoraja todo mundo. Mas quando todo mundo desaparece, ela entrelaça os braços nos meus e me puxa para perto dela.

— Estou mesmo preocupada com Katherine — sussurra.

— Não fique. Parece que ela se vira bem sem a nossa ajuda.

Beth balança a cabeça.

— Não. Ela está superirritada e com muita coisa para resolver. O melhor que a gente pode fazer é estar ao lado dela e impedir que ela faça algo de que se arrependa.

Beth está certa, porém isso só me faz me sentir mais sozinha. Se ela estivesse do meu lado, provavelmente não teria ido ao hotel ontem de manhã. OK, ela ainda não sabe que eu já li a carta, mas ainda assim... Ela deveria saber que eu deveria saber.

Seguro firme a mochila contra o peito.

— O que você acha que ela quis dizer com "pôr um fim naquilo"?

— Provavelmente nada. Ela só queria que a mãe soubesse que ela está irritada. — Beth dá de ombros. — Ei, escuta só. Queria contar uma coisa. Quase liguei pra você ontem à noite, mas, na verdade, precisava pensar num negócio antes.

Meu coração dispara. Sabia que ela ia me contar. Sabia.

Beth respira fundo e fecha os olhos.

— Tivemos progresso. — Quando abre novamente os olhos, está sorrindo. — Suzy arranjou duas garrafas de vodca e uma garrafa de rum. Dá para acreditar?

— Ah! — sussurro. Estou pálida. Tudo dói, até a brisa.

— Então, pensei em transferir a festa do porão para a garagem, porque a gente vai ter bastante bebida e vai precisar de mais privacidade, e é menos provável que meus pais percebam os convidados mijando na máquina de lavar, ou fazendo algo estúpido. O que você acha? Ótima ideia, não é? Mas isso significa que temos de planejar tudo de novo, digo a decoração e tal. Então, você pode vir hoje em casa pra me ajudar a limpar a garagem? Vou precisar mesmo da sua ajuda. — Sua voz está um pouco esganiçada e parece da sua irmã Martha, quando pede um pouco mais de suco: "porfavorporfavorporfavor".

Abro a boca, mas o sinal toca. Beth sorri e se afasta de mim, acho que porque ela tem certeza de que eu vou dizer sim.

A parte triste é que eu diria sim. Não tinha mesmo escolha.

Capítulo 16

Ainda estou tonta enquanto caminho pelo estacionamento da escola. Lado a lado com Maria e Beth, escuto trechos da conversa sobre a arrumação da garagem. A notícia correu como rastilho de pólvora porque alguns carinhas do departamento de artes vieram perguntar se ia ter mesmo bebida na festa. Isso me fez lembrar que tenho de preparar a faixa da fantasia. Quem sabe esta noite.

Chegamos até o Volvo. Maria abre o carro e a gente liga o rádio. Abrimos as janelas manualmente e a música se espalha.

Ouço uma voz, e não é da música. Alguém está gritando meu nome. Dou alguns passos à frente do carro, onde estão sentadas Maria e Beth, conversando.

Embora escute a voz um segundo antes de vê-lo, não o distingo bem no estacionamento. Derramo a mochila com os livros no chão e quase caio na capota do carro. Tenho de me segurar, mesmo que as mãos estejam suadas. Ele passa por dois carros estacionados bem na minha frente e grita meu nome de novo.

Corro de volta para Maria e Beth, que estão atentamente ouvindo um CD que Davey gravou para Maria, e depois de cada música romântica vem uma música de amizade, para contrabalançar. Beth não se cansa de balançar a cabeça e repetir "Eu te avisei".

— Ei, Beth, a gente vai voltar pra casa o mais cedo possível para arrumar a garagem.

Ele gritou meu nome ainda mais alto. Beth se levanta para avistar melhor. Pede a Maria para abaixar o som.

— Espere aí! Adoro essa música! — imploro, mesmo que não se tratasse de uma música, e sim do *jingle* de um comercial chato de remédio. Maria me ignora e mete a cabeça pela janela. Suas pernas ficam balançando, e dá para ver o seu short por debaixo da saia de jeans azul-escuro. Abaixa o volume enquanto se ouve o mesmo grito pela quinta vez.

Beth me lança um rápido olhar de preocupação antes de se sentar na parte de trás do carro para ver melhor. Tenho medo de que escorregue e se esborrache no chão, então fico bem atrás dela e agarro seu casaco de couro verde. A Beth está mesmo nervosa. Ela deve estar achando que é Jim quem me procura. Mas não é.

Observo-o pelo vão entre as pernas dela. Ele está andando em círculos. Vejo as costas do cardigã azul do uniforme de Fisher, que está brilhando sob o sol nos seus ombros. Ele está entregando alguma coisa para os estudantes que passam por ali.

— Quem é ele? — Beth pergunta com incredulidade.

— É Charlie, o carinha da festa de domingo — sibilo.

Parece que agora ela o está reconhecendo e então abre um sorriso. Pula da capota do carro com a agilidade de uma ginasta.

— Santo Deus!

Charlie continua a caminhar por entre os carros estacionados, carregando a bicicleta. Vira à esquerda no fim da fileira e vem em nossa direção. Escondo-me atrás de Beth e luto contra um sorrisinho que me vem na boca.

— O que ele está fazendo aqui? — sussurro atrás dela.

— Deve estar procurando você. — Ela levanta a mão pequena para bater na minha e quando eu não retribuo o gesto, ela alça meu braço desanimado e vibra mesmo assim.

Eu nego.

— Não quero falar com ele.

Fico ofegante só de pensar no nosso último encontro. É muito constrangedor lidar com isso, então afasto os pensamentos e abro a porta do carro.

— Ah, Ruby. Ele é uma graça! — diz Maria. Meus cabelos estão lisos e sem graça com esse rabo de cavalo e tem uma mancha de *ketchup* no agasalho, porque comi batata frita no almoço. Tento limpar e deixo à mostra minha nova camisa do time de Cleveland Browns. É uma gracinha, mas não é suficiente pra compensar todo o restante. Além disso, está congelando lá fora. Deveria ter posto a jaqueta mais grossa. Então, visto de novo o agasalho.

— Sério, meninas. Não vai dar.

— Cala a boca! — rosna Beth, correndo para o meu lado. Ela tira a presilha em forma de concha de tartaruga da cabeça e põe em mim. Divide meu rabo de cavalo em dois e aperta até ajeitar o elástico. Então, afrouxa o cachecol que tricotou para mim em volta do meu pescoço. — Isso. Você está ótima! — Sussurra nos meus ouvidos. — Lembra do que a gente conversou na cozinha? Não tem nada errado. Essa é a sua segunda chance! — tenta furiosamente limpar com a unha a mancha de ketchup. E me dá uma adorável piscadela.

— Ela tá aqui! — Maria e Beth gritam em uníssono. Charlie mexe a cabeça e olha para nós. Sobe na bicicleta prateada e vem andando devagarinho.

Acho que vou vomitar.

— Cara, achei que não ia chegar em tempo — diz, enxugando a testa com a manga. Acho que ele tá com vergonha porque não para de estalar os dedos.

— Ah, é? — digo, olhando para o chão. Beth me dá um cutucão. — É, oi, né?

— Oi — ele diz.

Beth e Maria sorriem abertamente para mim. Tento fazer o mesmo.

— Ei, meninas, vocês deviam ter um desses. Fiz no fim de semana. — Charlie enfia as mãos nos bolsos e mostra três bótons. Nós três pegamos cada uma um. São cor de rosa na extremidade e têm um quadrado branco no meio, que diz: "Vocês viram a Ruby?" Olho fixamente para o bóton e daí percebo que ele desenhou um sorriso com os dentes separados na frente.

— Ei! — alguém grita. Todo mundo se vira para ver Katherine no estacionamento. Erguendo as sobrancelhas ela pergunta, toda protetora: — Quem é você?

— É um amigo de Ruby, Charlie — Maria diz de um jeito doce.

— Queria conversar com você — Charlie dá um passo em minha direção. — Posso te acompanhar até em casa?

— Bem, eu tinha outros planos — gaguejo e me viro para Beth.

Ela balança a cabeça.

— Não tem nada. A gente pode fazer amanhã.

Olhamo-nos fixamente. "Posso mesmo?"

Ela concorda muito discretamente. "Sim, pode."

A coisa toda é que não estou acreditando muito.

— Olha — diz Charlie, pondo as costas da mão sobre as bochechas vermelhas. — Se não quiser ir andando, pode ir na garupa. — E aponta para as barras de metal.

Ele parece ser tão legal, e doce, e está uma graça vestido de uniforme. Acho que foi ele mesmo quem fez a gravata azul. Se eu recusar o convite vou magoá-lo.

— OK, tá bom. Quero dizer, sim. Acho. Com certeza.

Katherine solta uma risada. Beth e Maria dão uma cotovelada nela, bem forte.

▲

Capítulo 17

Da garupa da bicicleta de Charlie, dou as indicações do caminho para ele, seguindo para West Market. O boné de beisebol verde cheira a xampu de coco. Deu choque quando toquei nos ombros dele e a minha primeira reação foi não ligar, mas não consegui. Os pedais de Charlie juntaram nossos corpos em uma curva fechada para a esquerda. Será que o sexo é assim?

Sabiamente, passa para cima da calçada porque o trânsito é imprevisível, lojas, estacionamentos e semáforos. Infelizmente, o pavimento é muito traiçoeiro porque há desnível entre os quarteirões, quase uma réplica do que seria o efeito de um terremoto. Ele vira o guidão com agilidade e evita as grandes lombadas.

O som dos pneus cheios, deslizando sobre as folhas caídas, rompe o silêncio entre nós. Ainda assim, sei que deveria estar falando alguma coisa, só para variar e provar que sou normal. Minhas veias pulsavam energia e medo pelo corpo.

— Foi ali que minha mãe comprou a Polaroid — digo, indicando a loja e lembrando o que foi que me uniu a ele da primeira vez.

— Legal. Você quer estudar fotografia na universidade?

— Ainda estou pensando — embora eu nunca pensasse nisso. Mas acho que seria bom. Pelo menos, melhor que matemática.

— Você sabe se eles fazem conserto naquela loja? — Charlie tenta se virar para me ver, mas quase batemos na biblioteca de Akron. — Me desculpe. — E olha atentamente para a frente.

— Humm, não tenho certeza. Por quê?

— Achei uma câmera velha do meu pai, do tempo em que ele ia para a faculdade, quando estava abrindo umas caixas de mudança. Aquela coisa é sensacional, mas eu devo ter colocado mal o filme e desregulei a câmera. Tenho medo de tentar consertar sozinho. Meu pai vai querer me matar se ele souber, então escondi embaixo de umas cópias reveladas, esperando que ele não vá revirar nada. Graças a Deus que Akron não inspira a criatividade dele. De qualquer modo, a única loja de fotos que eu conheço é a Best Buy e aqueles caras não fazem ideia de como consertar uma câmera analógica.

— Qual o modelo?

— Só tem uma lente antirreflexo. Você nunca viu? É a primeira máquina de verdade de quem começa a fotografar. Dá para ajustar a velocidade, mexer na abertura e todas essas coisas divertidas. A primeira foto pra valer tem que ser com esse tipo de câmera.

— Ah, tá.

Charlie segura firme no guidão.

— Não queria parecer presunçoso. Acho que tenho o mesmo jeito do meu pai. Ele é o tipo de professor cujas aulas nunca terminam. — Limpa a garganta. — Então, que tipo de foto você gosta de tirar?

— Não sei — digo. Poderia me abrir com ele e dizer que só faz quatro dias que estou tirando fotos, mas não faço isso. — Nada demais. Pessoas e coisas. — Não estou falando nada com nada. Que interessante!

— Bem, qual foi a última foto que você tirou?

Uma foto espionando o caminhão do meu pai.

— Não me lembro.

— Quem é seu fotógrafo favorito?

— Você sabe, nunca pensei nisso.

— Ah.

Tiro as mãos do ombro dele para enxugar o suor na calça. Charlie aproveita para coçar onde eu estava segurando.

— Sou fã de Annie Leibovitz — continua. — Não gosto dessas coisas modernosas na revista *People*. Gosto das capas antigas da *Rolling Stone*.

Ela tirou foto dos Kinks, do The Who, todos esses caras grandes. Você sabe, quando as bandas tinham verdadeira identidade.

— Lógico — digo, como se realmente soubesse quem é Annie Leibovitz. Desconfio que ela ganhava para tirar fotos de rock stars. Charlie parece estar esperando que eu fale mais alguma coisa. Não para de virar a cabeça de lado, como se quisesse se certificar de que eu ainda estava na garupa. — Desculpe. Deveria ter perguntado quem é seu fotógrafo favorito.

Ele deixa por isso mesmo, o que é um alívio, mas também estranho. Passamos por mais alguns quarteirões até que chegamos ao subúrbio de Akron. Estamos de novo em silêncio, mas agora é diferente. A gente não está curtindo um ao outro, como um velhinho que cuida do jardim ou um bando de garotos jogando futebol. Em vez disso, estamos cônscios de um vazio impenetrável. Aquele silêncio rumoroso. Lembra quando saio com minha mãe, que é ainda pior do que um encontro romântico.

— Desculpe se assustei você aparecendo hoje sem você avisar — diz de repente, desviando-se de algumas lixeiras vazias. — Fiquei pensando em você o fim de semana todo.

— Eu não fiquei assustada.

— Tá certo. Não quis assustar, você sabe...

Respiro fundo. Graças a Deus que estou na garupa e não de frente para ele, porque ia ser complicado. Deixar Charlie me acompanhar até em casa foi um erro. Parecia que tudo tinha começado muito bem, porém achava que ia acabar mal.

— Me deixe na esquina. Obrigada pela carona — digo.

— Por quê? Onde você mora?

— Lá na frente, à direita.

Charlie vira o guidão e passa para o outro lado da rua, mirando os arbustos altos no início do meu quarteirão.

— Segure firme. Isso vai ser divertido — diz, rindo.

— Espere — respondo, porque a gente está ganhando velocidade. Ouço o motor de um carro atrás de nós, viro-me e vejo minha mãe dentro do Honda branco a certa distância. O rabo de cavalo bate no meu rosto. Não tenho escolha a não ser me voltar para a frente.

— É melhor se segurar firme — Charlie se levanta e pedala com mais força ainda.

Estamos quase morrendo, ou pelo menos quebrando as costelas. Aperto os ombros dele e Charlie breca segundos antes de a gente bater. Os pneus traseiros derrapam e a gente dá um giro tão forte que meu tênis quase vai parar dentro do coração.

Paramos finalmente. Estamos respirando fundo. Desço da bicicleta e sigo com os olhos o trajeto que acabamos de fazer. Deixamos um risco preto no asfalto. Minha mãe diminui a velocidade do carro e olha fixamente para nós. Não acena nem sorri. Então também não faço nada.

— Você é louco — digo. Mas então fico ansiosa para pegar a câmera e registrar aquilo. Mesmo que ele pense que estou dando uma de gostosa, tiro a câmera da bolsa e miro o asfalto. — Provavelmente, essa é a mais longa marca no chão que eu já vi. — É quase impossível enquadrá-la toda, então continuo andando para trás. Assim que bato a foto, Charlie vem por trás, me pega pelo braço e me vira.

— Você não queria ficar com o Teddy Baker, queria, Ruby? Porque quando perguntei a ele sobre você e onde você estava, ele me disse que você... tava a fim dele.

Abano o rosto com a câmera e dou um passo para trás.

— O quê? Não, absolutamente. Bem, a minha amiga Beth tava tentando... — balanço a cabeça. É melhor não explicar tudo. — Ou seja: a resposta é não. Não queria ficar com o Teddy Baker.

Charlie não está acreditando muito. Tira um dos bótons da camisa azul-marinho e alfineta na gravata, que já tem um monte de bótons.

— Mesmo assim não foi muito legal da minha parte pegar a câmera de você e puxá-la para o jardim. Dava pra ver que você achou tudo muito esquisito.

— Não, tudo bem. Fiquei contente de sair do porão.

— Verdade? — pergunta, ansioso. — Achei que você ia gostar. Quero dizer, estava olhando você um pouco antes e dava pra perceber que não estava se divertindo. — Ele interrompe e olha para o chão. — De todo jeito, não a culpo por ter ficado chateada quando eu quis te beijar. Não deveria ter tentado. Porque a gente tinha acabado de se conhecer. Nem tinha perguntado se você tem namorado.

Não estou acreditando. Ele pensa que eu chorei por causa dele.

É a oportunidade certa para eu livrar a minha cara. Não tenho de contar nada sobre o fato de eu ter chorado naquela noite, ou por que eu estava mal. Só tenho de aceitar suas desculpas e a gente nunca mais vai falar do assunto. Parece tudo muito fácil. Engulo em seco.

— Escute, Charlie. — Estou superando algo. A insanidade, creio. — Não fiquei chateada com você. É difícil explicar, mas... — Gosto de Charlie. Gosto mesmo. Ainda não estou preparada. Ele ainda é um estranho para mim. Talvez com o tempo eu conte, ou talvez não. — É um problema com a minha família. Não tem nada a ver com você. — Caminho para casa, me afastando o máximo que posso dele.

Infelizmente, Charlie tem bicicleta e se aproxima bem rápido. Sinto sua mão no ombro e paro.

— Não se preocupe. Sei como é.

Surpreendentemente, ele não me faz uma série de perguntas. Nem mesmo tenta descobrir o que há de errado comigo ou tenta me ajudar. E, melhor de tudo, ele não vai embora. Charlie fica andando em círculos no meio da rua, esperando pacientemente para me pegar quando estiver pronta. Sei que é superesquisito isso agora, mas estou superempolgada, querendo que ele me dê um beijo.

— Esta é a minha casa — mostro para ele.

Charlie me mostra alguns truques na bicicleta, antes de largá-la no chão e vir para os degraus da escada.

— Que abóboras legais! — ele diz.

Vou até a varanda e pego a chave reserva.

— A minha é a que tá de cara feia.

— Humm, eu nunca teria adivinhado.

Eu bato nele brincando. Por cima de seu ombro, a sombra de minha mãe fecha a cortina da janela da frente. O pouco de segurança que tenho evapora-se. Olhamo-nos brevemente, e então ela sai de vista.

Estou desorientada. Charlie está inclinado sobre mim, de olhos fechados, cabeça ligeiramente para a esquerda. Vai acontecer. Meu primeiro beijo! Fecho os olhos e espero. Quando os lábios se tocam, surge uma faísca. Um choque elétrico. Ou o que é?

Não sei onde colocar as mãos. Depois de alguns segundos, meto-as no bolso de trás. As dele estão na minha cintura. Um dos dedos dele, talvez o maior, desliza para dentro da minha camiseta e toca minha costela. Provavelmente, ele já beijou. Será que ele adivinhou que eu ainda não tinha beijado?

Depois de um tempo, abro um olho e verifico que ainda estamos sozinhos. Acho bom que isso esteja acontecendo bem na frente da minha mãe, na frente da nossa casa. Porque, embora eu seja novata nisso, ela pode aprender uma ou duas coisas comigo.

Capítulo 18

O telefone de Maria toca a canção do Pixies "La La Love you". Ela verifica a chamada, ignora e move-se lentamente para fora do estacionamento da escola.

Durante o caminho, assim que ela pisa no freio, vira-se para o banco de trás e me aperta as bochechas.

— Não pense que eu esqueci o que aconteceu ontem, Ruby. — Não está zangada, só fazendo manha. — Sempre falo mais que a boca quando se trata de contar os meus casinhos pra você. Lembra quando Rich Gilfillan ficou resfriado e espirrava bem do meu lado quando a gente tava nas escadarias da prefeitura?

— Ah, queria não lembrar — disse, arrancando as palavras de dentro de mim. As mãos dela cheiram a pão de gengibre e as unhas estão pintadas de roxo.

Tinha me esquivado de contar as novidades sobre Charlie ao mudar de caminho nos corredores da escola, indo para a biblioteca na hora do almoço para pesquisar na internet o preço da câmera com uma só lente antirreflexo. E, no caminho para o estacionamento, deixei que Beth falasse sobre a lista de convidados para a festa. Mas quando Maria recebeu aquele telefonema, provavelmente de seu mais recente "ficante", ela se lembrou da minha vida afetiva e não deu mais para esconder.

Uma sequência de buzinas perturbadoras dispara por trás de nós. Maria solta uma pergunta:

— Você é tão má, Ruby. Você nunca me conta nada.

Fico com um pouco de culpa. Devia deixar que Maria partilhasse das minhas coisas. Entretanto, agora não é a hora certa, com Katherine montando guarda no banco da frente. E, principalmente, porque se trata do meu primeiro beijo de verdade. Para Maria é fácil compartilhar suas coisas porque tudo acontece muito facilmente com ela. Eu sou diferente, complicada.

O carro dá um tranco para a frente. Eu me movo no banco de trás e retoco meu protetor labial primeiro, porque meus lábios não vão ser beijados e, depois, porque a barbicha de Charlie não era tão macia quanto eu supunha quando a gente estava cara a cara, nariz colado, na frente de casa.

— Vocês foram testemunhas da cena toda. Não há mais muita coisa pra contar.

— Mentirosa — Katherine está de cabeça baixa, copiando alguma coisa no caderno. — Beth, faça-a abrir a boca. A Ruby ouve tudo o que você diz.

— Calem-se — resmungo.

Katherine estica o braço e aponta para mim, seu dedo médio servindo de mira. Bato no braço dela meio forte. Uma brincadeira, será? Ela dá risada.

Beth dá de ombros.

— Desculpem, meninas. Não sei de nada. — Soa cansada e chateada. Katherine e Maria se voltam para nos olhar, porque simplesmente é inacreditável que Beth não saiba até mesmo do mais censurado detalhe sobre o tema.

Na noite passada, quando estava indo dormir, Beth me chamou da varanda. Ela estava tão feliz por mim, mas ainda mais por ela mesma. Afinal de contas, ela estava certa, sacando o que era bom para mim. Mas ficou um pouco sentida porque eu não corri ao telefone para lhe contar. Expliquei-lhe que tinha de fazer a lição de casa, mas ela não ficou satisfeita.

Enquanto ela falava, tentei achar a foto do rastro da bicicleta. A linha curva era a perfeita metade de um coração. Que legal! Eu estava muito contente. Então, contei-lhe alguns detalhes, tipo que Charlie tinha as unhas comidas e usava uma meia vermelha e laranja que pude ver da escada. Tudo somado, teria sido estranho não contar nada.

Mas então ela fez o que Beth costumava fazer e eu gostava, mas agora estava achando muito chato. Começou a me dar conselhos. Por exemplo, "Tenha cuidado, Ruby" e "Vá devagar". Eu estava feliz com Charlie, mas aquilo não significava que faria algo de errado, como, de uma hora para a outra, me apaixonar. Provavelmente, sou a última pessoa do mundo a precisar de um conselho desses.

Seus comentariozinhos me deram um choque de consciência. Então, pouco antes de a gente sair, pedi que não abrisse a boca sobre meu rolo com Charlie. Não queria chamar a atenção sobre isso com Katherine e Maria. Elas já tinham visto o suficiente. Essa manhã fiquei passada que Maria tivesse colocado o bóton na franja da sua bolsa de couro. Se Katherine visse, sei lá o que aconteceria.

— Sem problemas. Você sabe que sou boa de guardar segredos — assegurou-me Beth.

Até de mim, presumo.

Maria está ajeitando o espelhinho do carro para olhar para mim enquanto vira à esquerda na rua de Beth.

— Bem, você pode pelo menos me dizer quando vocês vão se encontrar de novo? Vocês combinaram?

— Não. Quero dizer, ele me perguntou o que eu ia fazer depois da escola, mas prometi a Beth que iria ajudá-la. Então ele me pediu pra ligar à noite.

Maria se ajeita no banco do carro. O Volvo para abruptamente meio quarteirão antes da casa de Beth.

— Você tem de convidar Charlie para a festa.

— Ah, não sei...

— Por que não? Ele é uma graça e certamente gosta de você. É sério, aposto um milhão de dólares que ele vai aceitar.

Katherine mexe na ponta do rabo de cavalo:

— Ótimo! Ruby vai namorar e eu vou ficar no canto da festa com a irmãzinha da Beth. Existe algo pior?

Beth solta fumaça pela janela do carro, sem dizer uma palavra.

— Vamos ver — digo casualmente. — Não quero apressar as coisas. — Além disso, a festa não é minha. Não dá para convidar todo mundo.

— Acho que isso é inteligente — diz Beth. — Você nem conhece o garoto direito e você não tem nada oficial com ele, não é sua namorada.

— Ainda não... — Maria anuncia, de um modo tão esperançoso que faz meu coração pessimista disparar. Embora eu tenha medo de acreditar, sorrio. Charlie pode se tornar meu primeiro namorado.

Quando saio do estado de entorpecimento, Beth já está fora do carro. Digo um breve adeus às meninas e me aproximo de Beth, que caminha pela rua curva que dá para a entrada da casa. A mãe dela está na cozinha mexendo vigorosamente uma massa de bolo marrom e espalhando numa forma.

— Olha só. Ela já está cozinhando para a festa — diz Beth.

Beth dá uma batidinha na janela e ambas dizemos oi. A sra. Miller, de cabelos brancos ondulados, na altura dos ombros, óculos de gatinho verdes, acena para nós com as mãos lambuzadas. Se minha mãe é anti-Betty Crocker, a mãe de Beth é o oposto. Está sempre preparando receitas complicadas para a família, jantares demorados, a mesa cheia de travessas com todo mundo gritando para passá-las de um lado para o outro. Quando estou lá como adoidado. Finjo que sou uma das irmãs de Beth. Tenho inveja desse ambiente familiar.

O jardim da casa dela era pequeno, mas bem cuidado, mesmo no outono. De algum modo, a grama ainda é verde e espessa. É cercado por uma cerca baixa de cerejeira. Crisântemos vermelhos e roxos nascem do solo escuro com musgo. Dá até para pensar que é primavera, não fosse o fato de ser quase 16 horas e de o sol já ter se posto.

Tem também uma garagem com duas vagas no canto da propriedade que combina perfeitamente com a casa, as partes laterais de madeira e maçanetas na cor verde, além de caixas de madeira com flores nas janelas e com cuias pequenas repletas de abóboras.

Essa era a nossa sede do clube quando éramos mais jovens — um lugar onde eu e Beth brincávamos se estivesse chovendo, ou se tivéssemos roubado algo de Suzy, como um anel, para sair zoando por aí. Anos depois seria para onde eu viria se me aborrecesse e não quisesse ver ninguém. A última vez que vim aqui eu tinha uns 12 anos.

Beth destrava a porta lateral. Sigo-a, em meio à escuridão e umidade, bem devagar e tentando me adaptar à falta de luz. Vai até o centro, tropeçando em algo no meio do caminho, braço levantado até encontrar uma cordinha. Uma única lâmpada dá sinal de vida, iluminando uma área detonada.

A garagem está cheia de coisas. Quase cada centímetro está coberto por ferramentas, acessórios para jardinagem ou brinquedinhos. Há uma velha geladeira zunindo num canto. Aquilo vem bem a calhar, mas o lugar está muito longe de ser um salão de festas.

Beth faz um beicinho e cruza os braços.

— Não vai dar tempo de limpar isso tudo. Devia ter começado ontem, mas não queria começar sozinha! — Cai em cima de uma embalagem redonda de uma sobremesa de morango, com adesivos que estão descolando.

Não vou me sentir culpada por ter saído com Charlie porque, afinal, Beth tinha me liberado. Pego um bambolê, uma bola de basquete, uma mangueira de jardim e uma furadeira.

— Vai dar tudo certo — asseguro a ela.

— Mas tenho de limpar e decorar! E hoje já é terça-feira! Talvez a gente devesse voltar atrás e dar a festa no porão, como sempre. É só que não quero que me vejam bebendo. Ia ser o fim!

Dou uma boa olhada ao redor. Está uma bagunça! Mas é só juntar as coisas. Não está tão sujo.

— Olha, com certeza é mais inteligente dar a festa aqui. É muito fácil pegarem a gente bebendo dentro da casa. — Pego a mochila e o cachecol do guidão da bicicleta de Beth. — Acho que a gente pode juntar o máximo possível de coisas agora; depois você começa a decorar, enquanto eu termino de limpar. Minha mãe vai chegar em casa tarde. Vou ficar aqui até terminar.

Beth dá uma ajeitada no cabelo e sorri:

— Obrigada por me ajudar, Ruby.

— Cale a boca. — Afinal de contas, o que eu poderia fazer? Beth ainda é a minha melhor amiga. E apesar de todas as loucuras que andam acontecendo, devo muito a ela.

Começamos a arrumar e a conversar sobre o melhor jeito de fazer tudo — onde ficaria o som (na mesa de trabalho do pai dela), onde as pessoas iam fazer xixi (no jardim do vizinho) e lugares para as pessoas se sentarem se quisessem (cadeiras de plástico, uma velha cadeira de brinquedo, um banco de jardim). Arrastamos as coisas mais pesadas, como bicicletas, bonecos de plástico, o cortador de grama, e escondemos atrás da garagem, por enquanto. Fizemos só umas poucas idas e vindas até que abrimos um espaço no lugar.

Estamos inspiradas e famintas depois de uma hora. Beth desaparece e volta com um lanchinho e um saco cheio de coisas de decoração já usadas. Enquanto isso empilho uns vasos para plantas, um dentro do outro e ajeito-os debaixo da mesa de trabalho. Então dou uma pancada em algo que está por cima. Levanto-me para ver melhor.

É um jarro pesado de vidro cheio de uma substância oleosa e espumante. Viro o jarro contra a luz e meus joelhos tremem.

É uma daquelas poções envenenadas que inventamos para o Jim. A ideia era a seguinte: se ele voltasse, nós derramaríamos um pouco disso no café da manhã.

Sem pensar muito, tiro uma foto do jarro à beira da mesa de trabalho do pai de Beth. Dou um grande passo para trás e me movo um pouco para a esquerda, para que a fonte de luz fique atrás de mim. A foto exala um ar de tristeza.

— Ruby — Beth diz de um jeito trivial. Olho sobre os ombros para ela, que está no batente da porta, segurando dois copos de cidra e um pratinho de doces. — O que você está fazendo? Por que quer fotografar isso?

— Não sei — respondo. Mas me viro e tiro a foto mesmo assim.

Beth deita a bandeja e passa a mão no veneno, cuidadosamente.

— Não te entendo. Você quer ficar triste?

— Não. — Não é que eu estivesse procurando pelo jarro. Simplesmente o encontrei. Atravesso a garagem e enfio a câmera e a foto dentro da bolsa.

— Bem, então o que é? — Beth me pergunta, me seguindo. Ajeita o jarro no chão e me cutuca. — Você não vai enlouquecer por causa disso, não é?

— Não estou enlouquecendo. — Pego o jarro e jogo-o na lixeira mais próxima. Dá para sentir o peso da camada de folhas mortas e jornal velho tocando o fundo da lixeira e levantando uma nuvem de poeira. — Mas você sabe, talvez eu não tivesse de passar por isso se minha mãe e eu conversássemos mais a respeito. Você não acha muito estranho que a gente nunca fale sobre o meu pai? Nunca mesmo? Mesmo agora, que ele deu as caras.

Beth está lívida. Sem emoção nenhuma. O que é meio louco. Quero dizer, essa história de esconder a carta de mim não teria acontecido se a gente falasse abertamente sobre o passado. Beth deveria entender. Deveria culpar minha mãe. Talvez não tenha me explicado direito, então digo mais isto:

— Nem te contei que ela estava escondida atrás da cortina, observando Charlie me beijar. Isso foi depois que discutimos o fato de ela não ter namorado. Está tudo meio confuso.

Beth dá de ombros e suspira.

— Nunca vi você falar assim de sua mãe — diz com certo desapontamento.

— Só quero te dizer que ela teria facilitado muito se não fosse tão fechada.

— Ruby, sua mãe se fechou para se proteger. Como você.

Gesticulo energicamente:

— Mas a gente não precisa se proteger uma da outra. A gente está no mesmo barco. — Olho para ela duramente.

— Não vou me posicionar, embora eu sempre esteja a seu lado. — Beth diz com um sorriso tímido. — Só acho muito bizarro que ela fale disso com você agora, depois de tanto tempo.

— Não entendo. — Realmente não entendo nada.

Beth volta o olhar para o nó de uma teia de aranha que precisa ser desfeito.

— Olhe. Tudo o que quero dizer é que sua mãe ainda não está pronta para lidar com essas coisas e você não pode forçá-la. Às vezes, eu fico superfrustrada com você, mas não digo nada. Você tem que lidar com aquilo sozinha.

Beth tinha razão. Não se pode forçar alguém a passar por cima das coisas, ainda que se queira. Precisa-se deixar que a pessoa lide com aquilo sozinha. Mas se minha melhor amiga realmente acreditasse no que estava dizendo, ela teria me dado a carta de Jim. Teria-me deixado lidar com aquilo do meu jeito e me apoiado em qualquer circunstância. E por mais que não queira admitir, sob essa ótica, tudo o que ela me disse é um monte de bobagem.

▲

Capítulo 19

— Uau! — Beth abre bem as vogais ao exclamar. Apoia-se numa parede no fundo da sala. — Nunca pensei que fôssemos lotar o porão, mas a garagem ficou uma maravilha!

Corto com os dentes um pedaço de fita adesiva amarela e junto os três últimos pedaços formando uma espécie de barreira de proteção frágil. Então empurro, com cuidado, uma tábua de madeira compensada e subo nela. Inúmeras velinhas foram acesas nas últimas cinco horas.

Uma serra dentada e prateada está sobre a mesa de trabalho, fincada numa mão de plástico. Uma imensa abóbora foi perfurada por centenas de pregos. Uma rena de Natal tem uma ferida na barriga, feita com cola e glitter vermelho e uma fita isolante preta cruza os olhos dela. Quando ligada, ela se torna um corpo incandescente. Algumas riscas de tinta vermelha marcam a pista de dança e a silhueta de meu corpo "morto" foi marcada no chão com giz.

Estou vibrando. Tudo parece muito legal.

Também nos distraímos enquanto trabalhávamos. Limpamos o chão, depois, tivemos um monte de ideias para a decoração e confeccionamos tudo, ouvindo música. Bom, fiz o melhor que pude.

E com tanta ideia legal para a festa eu estava quase querendo que Charlie viesse ver o que eu fazia. Sei que ficaria impressionado, considerando a falta de talento dos meninos da Fisher. Quem sabe, se a gente ainda estivesse se vendo até o fim da semana perguntaria a Beth se poderia convidá-lo.

Eu ainda não gosto da ideia de que estou pensando muito em Charlie. Não quero ter que me lembrar das sardas, ou da coleção de bótons, para depois ter de me esquecer de tudo se as coisas não derem certo.

Acho que não vou ligar para ele hoje, mesmo que ele tenha me pedido.

— Ei — Beth me chama, esbarrando os dedos no meu nariz. — Não pense muito. Vai se machucar.

Dou uma risadinha e Beth, uma gargalhada. Então, um silêncio ensurdecedor nos sufoca.

Subimos a frágil escada de madeira; primeiro ela, depois eu. Quando atinjo o topo, Beth abre e fecha a boca, como um aparador de grama cuja cordinha precisa ser puxada de vez em quando.

Entretanto não quero ficar aqui por muito tempo. Estou quase perdendo a paciência com Beth, porque estou muito chateada com tudo, e não quero que isso aconteça. Só vai piorar as coisas. Então forço um sorriso e lhe dou uma cutucada na barriga.

— Acho que vou andando, antes que eu sinta frio e tenha de dormir aqui.

— Ah, tá bom — diz, imitando meu sorriso.

Enquanto visto o casaco, Beth vai para dentro da casa e volta com uma sacola cheia de retalhos de pano que arranjou perto da máquina de costura de sua mãe. São para eu confeccionar a faixa da fantasia.

Hesito um pouco:

— Mas e se sua mãe precisar?

— Cala a boca — diz, me dando um golpe com a bolsa. Então, aceito e a sigo até o jardim. O céu está escuro e estrelado. — Ah, eu também imprimi uns distintivos da internet pra você copiar.

Obrigada — minha barriga está roncando bem alto.

— Tem certeza de que não quer um pedaço de pizza? Minha mãe pediu a mais para você.

Observo pela janela, sobre seus ombros, sua mãe limpando a mesa de jantar: ela cuida dos pratos, a irmã, Martha, recolhe os talheres e o sr. Miller, as xícaras. Todo mundo está sorrindo, como se fosse divertido fazer o trabalho de casa. Esse é um dos motivos por que vinha sempre aqui quando estava crescendo. Mas hoje algo está diferente, mais vazio que a minha barriga vazia.

Dou uns passos para trás e tateio a cerca até machucar as mãos com a madeira.

— Obrigada, mas acho melhor voltar para casa.

Beth faz um muxoxo. Me viro e aperto o passo.

Às vezes é duro encarar uma família tão feliz e certinha, enquanto tudo o que tenho é uma mãe desajeitada e uma melhor amiga que não entende nada. Eu não entendo nada. A bolsa fica batendo nos joelhos enquanto ando apertando o pulso. A ponta dos dedos está vermelha.

Não faz nenhum sentido correr para uma casa vazia e uma geladeira com restos de *ziti* de aniversário. Abro a carteira. Economizando um pouco por dia, sempre me sobram um dez dólares por semana. Tenho vinte dólares: o suficiente para um banquete de proporções épicas, cortesia do cardápio de café da manhã no Dodie, que fica aberto 24 horas. Vou para lá e tento substituir o descontentamento por panquecas.

Não sei por que estou envolvida com isso tudo agora. É estúpido. Minha mãe vai acabar fazendo o que quer e se ela tem saudade de Jim, que assim seja. Beth está certa. Não há mesmo nada que eu possa fazer.

No entanto, fico matutando como é fácil para Beth esconder minha carta e mentir para mim de novo, e de novo, e de novo. Queria saber se ela está lutando contra isso. É difícil para ela? Se eu estivesse guardando um segredo tão importante, deixaria transparecer tudo na cara. Seria duro esconder dela. Eu diria mesmo impossível.

Quando chego no Dodie, a vista de dentro não é nada acolhedora. Os comedores com hábitos noturnos estão todos lá. Todos grisalhos ou carecas. Jantam sozinhos, cercados de cadeiras vazias, a metade de um casal em crise, tomando café lentamente, contando as moedas e enfiando pacotinhos de açúcar, bolachinhas e geleias no bolso.

Uma inevitável solidão. Tiro a câmera e miro a janela. Curiosamente, descubro que as coisas são mais fáceis de ser observadas do visor. Mas não faço uma boa foto. A luz da marquise do cinema ao lado me ofusca e fica difícil de vê-la.

Evito com a palma da mão o reflexo da luz de néon. As pessoas saindo da sessão das oito não são muitas. O Highland não é um cinema popular, principalmente depois que construíram um supercomplexo de salas bem ali do lado. Esta sala é pequena, com cadeiras desconfortáveis, que fazem o corpo adormecer e formigar, e eles ainda passam o mesmo aviso "Bom divertimento", bem como música pop dos anos 1970. Bem, eu gosto disso. Toda vez que venho com Beth e Maria, fingimos que não gostamos e vaiamos os anúncios.

Percebo uma pessoa errante saindo, caminhando atrás dos outros. Ele vai até um caminhão azul estacionado do outro lado da rua.

Ai, meu Deus!

Eu me escondo na entrada escura do Dodie, enfio a cabeça sob o capuz e observo. Jim abre a porta do carro e afasta o que parece ser uma caixa do tamanho de uma bisnaga de pão. Depois de pagar o estacionamento, ele vai para a mesma direção da minha casa, segurando a caixa debaixo do braço.

É como se eu tivesse ímãs nos bolsos ou algo assim, porque sigo atrás dele. Tomo distância. Vou de uma árvore para um carro estacionado e dele para uma lixeira, como um ladrão. Já me amaldiçoei diversas vezes por ter lhe telefonado naquele hotel estúpido. Aquilo lhe deu mais força, e ele acha que eu quero vê-lo. Que coisa mais estúpida o que eu fiz!

Primeiro, penso que Jim está perdido. Ele está dando voltas e fica olhando para as outras casas e o céu, como à procura de um lugar conhecido para se orientar. Mas, passando por algumas ruas, ele sabe exatamente para onde vai. Estremeço. Vai para a Rose Lane, para a nossa antiga casa.

Quando chega lá, fica parado na outra calçada. Olho para os pés, com medo do que eu possa ver. Mas acabo levantando o queixo. Algumas luzes na casa; a sombra de pessoas subindo a escada escurece as janelas. Fumaça na chaminé. Estou tremendo.

Meu pai vai direto para casa. Corta caminho pelo jardim. Não consigo respirar. Vai por entre dois arbustos e mete a mão no barracão de madeira novo que agora é azul, e não mais aquele branco sujo como no nosso tempo. As reformas que ele nunca fez.

Olho para os lados. Se alguém o vir, com certeza chamará a polícia. No entanto, a rua está extremamente silenciosa. Finalmente, ele vai embora.

Depois de quinze minutos e de algumas ruas erradas, ele encontra a minha rua. Apressa o ritmo, como se a cada passo se convencesse de que deveria continuar.

Viro a esquina e tento me esconder num arbusto do vizinho. Minha casa está do outro lado, no fim da rua. A umidade dos arbustos molha meu jeans, já sujos, até o joelho. Quebro alguns galhos e faço um buraco para ver entre as folhas amareladas.

Quando ele chega na porta, para um momento e acende um charuto. O vento traz a fumaça para mim. A cada tragada, passa o peso do corpo de uma perna para a outra. Graças a Deus minha mãe ainda não chegou do trabalho. Olha para toda parte até que é interrompido por uma tosse forte que dá para ouvir do outro lado da rua. Tenta puxar ar e os ombros arquejam. Então, vai até o último degrau, ajeita a caixa em cima do tapetinho e começa a voltar pelo meio da rua. Enfio-me dentro dos arbustos e rezo para adquirir invisibilidade. No caminho, ele deixa cair a ponta do charuto. Fumado pela metade, ainda arde vermelho contra o chão. Observo-o sem respirar, sem mesmo piscar, até ele desaparecer na esquina.

Minha mãe pode chegar a qualquer momento. Eu me levanto e corro para atravessar a rua, até topar com as escadas e a caixa. Está escrito meu nome inúmeras vezes com caneta Bic. Beth não está por perto para interceptar o pacote, para tentar me proteger. É para mim, afinal. E estou com muito medo.

Por um momento, penso em jogar no lixo. Mas, em vez disso, pego a chave reserva e a caixa. Minhas mãos tremem.

Depois de trancar a porta do quarto, uso um garfo sujo para abrir o pacote. Retiro as fitas da embalagem.

Tem um monte de fotos dentro. As cópias são perfeitamente quadradas com margens brancas. Algumas são de Jim; outras, de Jim e minha mãe. Outras ainda são de minha mãe sorridente com um bebê.

O cabelo dela é o mesmo: comprido, caindo sobre os ombros como os de uma sereia. Jim tem um pouco de barba. Ele tem umas rugas e é bonito. Suas mãos estão sujas em algumas fotos; em outras, estão enfiadas nos bolsos. Eles não parecem estar apaixonados. Mas são jovens.

O restante das coisas parece não ter nada que ver com nada. O crachá de trabalho de Jim na Goodyear, uns distintivos de guarda-florestal, um canivete enferrujado.

Não tem nenhum bilhete. Nenhuma explicação.

Ele deixou para mim uns itens da sua garagem. Ele espera que eu descubra quem ele é por meio de uma caixa cheia de quinquilharias. Não é o tipo de velharia de que gosto, coisas *vintage* capazes de compor uma história. Sei bem como isso vai terminar: antes que possa me controlar, jogo a caixa contra a parede e tudo voa para todo lado.

Algo chama a minha atenção. Um relógio de prata fosca a poucos centímetros dos meus pés. Eu me inclino para pegá-lo e tento ajustá-lo ao pulso. Mas a pulseira está quebrada. Então fico pensando.

Capítulo 20

Nossa rotina.

Primeiro, meu pai levava a gente até o Giant Eagle e íamos direto para a parte de congelados. Adorávamos determinada marca de macarrão com queijo que vinha em uma caixinha laranja. Ele costumava dizer que não era tão bom quanto o que minha mãe preparava, mas ainda assim me roubava um pedaço com o garfo quando pensava que eu não estava olhando. Eu escolheria uma marca de pizza francesa, geralmente de *pepperoni*. Então a gente passava no jornaleiro e comprava um bilhete de loteria.

Depois de assar nossas refeições lado a lado, a gente comia em frente da televisão e, então, ficaríamos fora de casa até umas 21 horas. Meu pai adorava loteria. Apostava os números da data do meu aniversário, do aniversário de minha mãe, do de minha avó, que morreu antes de eu nascer. Tínhamos um trato que, se ganhássemos, eu poderia ficar acordada mais uma hora. Se perdêssemos, teria de ir direto para a cama. Ele sempre deixava ficar com os bilhetes cor-de-rosa.

Infelizmente, a gente sempre perdia.

Mas, numa noite, a mulher da loteria cantou a data de aniversário de minha mãe. Meu pai e eu vibramos muito. Ganhamos 135 dólares, e eu pude ficar acordada uma hora a mais, então me plantei no sofá.

Algum tempo depois, comecei a cochilar. Em vez de me levar para cima, meu pai me trouxe um cobertor.

— Sua mãe vai ficar tão feliz quando souber que ganhamos! A gente vai ficar acordado e fazer uma surpresa para ela — ele disse.

— Tá — respondi. E voltei a dormir.

Acordei novamente. Toda a casa estava às escuras, a televisão desligada. Tinha me apoiado no braço dele, mas ele não parava de tremer e se mexer e por isso acordei. Não fez de propósito para me mandar para cama ou porque tinha frio. Ele levantava o braço para conferir as horas.

— O que você está fazendo? — perguntei, bocejando.

Ele olhou de novo para o relógio.

— Você deveria ir para a cama.

Eu disse que não com a cabeça.

— Quer que eu ensine você a ver as horas no relógio?

Dessa vez eu disse sim.

Quando a aula acabou, a mãozinha do relógio de prata apontava o 3. A mãozona apontava o 12. E minha mãe ainda não tinha voltado do hospital.

▲

Capítulo 21

Estou sentada como um indiano dentro do closet, tentando me proteger do campo minado em que minha vida se transformou. Há pequenos explosivos a meu redor e não sei onde é seguro pisar. Tenho medo de detonar algo. Uma foto, uma joia, a felicidade de alguém. Tudo parece ser perigoso.

O closet é um grande contêiner que me protege do ar externo. Estou tentando respirar devagar. Tenho o celular no colo e ele está brincando comigo, me perguntando "com quem será que eu poderia conversar sobre aquelas coisas?".

Toca de repente. Vacilo.

— Você disse que ia me ligar e não ligou — diz Charlie subitamente, em vez de me cumprimentar.

— Me desculpe — digo, afastando o cabelo da testa. Agora ele está um pouquinho menos decepcionado. — Eu ia te ligar depois que terminasse o que estou fazendo.

— Já passa da meia-noite, sabia?

Ai, ai, ai. Quanto tempo será que estou aqui sentada? E se for tarde assim, minha mãe vai ter um ataque se ouvir o toque do celular a esta hora.

— Espere um instante.

Ponho a cabeça para fora do closet. Posso ouvir o barulho da água escorrendo pelos canos. Volto para dentro e fecho a porta.

— Não causei nenhum problema pra você, causei?

— Não. Minha mãe tá tomando banho. Mas você não pode me ligar tão tarde.

— Então, o que você estava fazendo que não podia me ligar?

Olho para as camisetas nos cabides.

— Estou dentro do armário.

— Ah! — Charlie respira fundo. — Você não está falando metaforicamente, está? Porque isso vai me tirar toda a alegria de ter conseguido beijar você.

Não dá para não rir.

— Não, Charlie. Estou literalmente dentro do armário. — Ajeito-me um pouco e tiro o par de botas debaixo do meu traseiro.

— O que você está fazendo aí?

— Sentada no escuro.

— Pensando?

— Tentando não pensar, na verdade.

— Entendo — começa a tossir. Parece forçado. — Acho que você deve tentar com mais força.

— Como assim?

— Bem, você não para de dar uns suspiros. Tipo antes de você falar. Quase toda vez. O que me faz pensar que você está realmente pensando sobre o que não queria estar pensando.

Longo silêncio. Prendo a respiração e rezo para não começar uma discussão.

— Você pode enforcar a aula amanhã? — ele pergunta, ansioso. — Meu pai vai dar uma aula de impressão em Kent State que vai ser supercabeça e superinteressante. Eu estou pensando em cabular e dar uma olhada na coleção de fotografias dele. Tem de tudo: Ansel Adams, Diane Arbus...

— Diane Arbus? — Onde será que ouvi esse nome? Ah, foi Maria quem a mencionou quando eu tirei a foto dos meninos lutando. — Minha amiga me disse que meu estilo é meio parecido com o dela.

— Verdade? Isso é um elogio e tanto! A obra dela pode ser divertida, mas também extremamente triste. Sei lá. É muito interessante o que ela provoca nos nossos sentimentos com uma única foto. — Ele interrompe;

posso ouvir sua respiração. Em seguida, percebo que passa o telefone de uma orelha para a outra. — Então, você quer vir comigo?

É justamente o que quero.

— Sim, quero.

— Ótimo! — Quase dá para ouvir o sorriso de Charlie. — A gente passa para te pegar às 9h30. Não esqueça a câmera.

Capítulo 22

Não é fácil convencer uma enfermeira de que você está doente quando na verdade você quer enforcar a aula e sair com seu quase-namorado. Mas estou tentando!

— Tava me sentindo mal ontem à noite — digo, fingindo ter dor de garganta, debaixo dos cobertores. — Eu nem jantei. — Isso é verdade, mas dou uma tossida falsa só para reforçar.

Minha mãe se senta à beira da cama e fica me observando. Ela está vestida de enfermeira, pronta para ir trabalhar. Tem feito hora extra sempre que pode.

— Você vomitou hoje de manhã? — pergunta calmamente.

— Só um pouquinho. Tava meio tonta. De estômago vazio, então não foi muito. — Tombo a cabeça no travesseiro, fecho os olhos de fraqueza.

Uma música interrompe a performance. Fecho bem os olhos e engulo em seco.

— O que é isso? — ela se levanta e vai para o closet. — É o telefone sem fio? Seu celular está no closet?

Depois da chamada de Charlie, arrumei as coisas de Jim que estavam espalhadas o mais rápido que pude, tentando não perder tempo com nada. Então enfiei tudo, mais as fotos da Polaroid, no fundo do armário. Devo ter esquecido o celular lá atrás.

A porta do closet range.

— Ruby, isso aqui tá uma bagunça. — Mexe e remexe procurando o celular.

Ela morreria se visse a caixa. Poderia explicar que eu não tinha nada a ver com aquilo, mas não acho que ajudaria muito. Seria responsável por uma recaída sentimental.

O telefone toca mais alto. Ela o encontrou. Abro bem os olhos e vejo-a atendendo.

— Alô. Oi, Beth. Sim, ela está aqui. Espere um pouco. — Passa o telefone para mim e se senta na cama, verificando se eu estava com febre.

— Oi — levanto o tronco.

— Maria acabou de bipar aqui fora. Estamos indo.

— Acho que não vou para a escola hoje — digo e procuro os olhos de minha mãe. Ela não discorda. E lembro-me de não sorrir.

— Tá tudo bem? — Parece preocupada. — Sabe, achei você meio esquisita ontem. Não devia ter deixado você ficar tanto tempo na garagem fria.

Nossa! Vou cabular e arranjei a desculpa certa. Vai ser o máximo sair com Charlie.

— Não foi culpa sua.

— Meu Deus, não me perdoaria se você ficasse doente no dia da festa. Sou capaz de cancelar.

Viro os olhos. Embora Beth seja minha melhor amiga, não há nada que possa atrapalhar a festa dela.

— Tenho certeza de que vou estar bem na sexta. Capaz que amanhã já melhore. Só preciso descansar hoje.

Beth se oferece para entregar meus deveres. Digo-lhe que espere e pergunto a opinião de minha mãe. Se ela tinha alguma suspeita, o fato de que Beth não estará comigo assegura-lhe de que não estou metida em nenhuma encrenca. E não me sinto culpada de mentir para Beth. Na verdade pode ajudar nas coisas entre nós, ficaremos no mesmo nível de mentiras.

Muito embora não acredite em mim, minha mãe liga para a escola avisando que vou faltar. Antes de sair, prepara umas torradas e eu lhe prometo que vou comer assim que estiver menos tonta.

Acho que exagerei. Não importa.

Assim que ela sai, pulo da cama e me visto. Não quero parecer muito arrumada, só apropriada para um *campus* de universidade. Então, visto a velha calça Levi's e a malha branca de mangas compridas com estampa de maçã verde, com a qual pareço ter mais seios. Também visto o cardigã azul-marinho com botões de pérola e tênis azul-marinho. Ponho um cinto de couro com os dizeres "avô" e aposto que Charlie vai curtir.

Porque fui pra cama depois de ter tomando banho, meus cabelos longos estão ondulados, e eu tô contente com isso. Mas tenho de dar um jeito na cara.

Vou para baixo na ponta dos pés, mesmo que saiba que ela não está aqui e que poderia batucar ou gritar. A cama dela, naturalmente, foi arrumada e tem mais ou menos uns vinte travesseiros e almofadas combinando com as cores do acolchoado. Em cima da penteadeira de carvalho tem frascos delicados de perfume e loções e cestinhas de produtos femininos que são absolutamente estranhos para mim. Remexo em alguns deles até que encontro um tubo de gloss que ela comprou para mim e depois descobriu que eu nunca usaria. Passo o gloss e o coloco no bolso.

O som de uma buzina me pega desprevenida. São apenas 9h15, mas, pela janela, vejo que Charlie e seu pai estão estacionados lá fora. Corro para cima, pego a câmera e o último rolo de filme da Polaroid, meto tudo dentro da bolsa e voo para fora, carregando um cachecol e o casaco no braço. Charlie está sorrindo quando desço as escadas. Tiro discretamente um pouco do gloss do canto da boca.

— Oi — digo, entrando no carro.

— Oi — Charlie se vira para o banco de trás. Está mais lindo do que nunca de jeans escuros e malha cor de aveia com decote em V. Veste uma camiseta azul-celeste borrada de azul-escuro. Quase não dá pra reconhecê-lo. E tem uma malha branca por baixo também. Pode ser que eu sinta muito frio ao explorar o *campus*, mas aí vejo que tem um colete de esqui dobrado no banco de trás.

— Esta é Ruby — diz para o pai.

Ele não diz nada. Só liga o rádio e dá a partida tão logo eu me sento.

Ficamos em silêncio enquanto saímos de Akron. O silêncio só é rompido porque o pai de Charlie amaldiçoa o trânsito, os maus motoristas e o pequeno comércio de rua. Está vestido de preto e cinza. Tem cabelos grisalhos e óculos de acrílico. Há algumas faixas de reflexo colorido na lente, e a armação é azul por trás da orelha.

— Você empacotou as folhas de impressão? — O pai de Charlie pergunta de repente, virando-se acusadoramente para o filho. Seu perfil é magro e fino. Não acho que se pareça muito com Charlie. Ele deve ter puxado à mãe.

— Sim. E também as tintas que você preparou ontem à noite. Está tudo aqui.

— E as telas que eu gravei?

— Tudo aqui — Charlie se vira para mim e sorri.

O pai fica em silêncio de novo.

— Essa aula vai ser horrível — diz, olhando para mim pelo retrovisor e coçando o pescoço.

— Sabe, Ruby, em quinze minutos não costuma ter mais nenhuma vaga na aula dele. Até mesmo alguns professores resolvem assistir a aulas com meu pai.

O pai morde o dedo.

— E eles vão ficar decepcionados. Carnegie-Mellon foi o fim da linha. Não posso mais trabalhar. Essa cidade é tão... desestimulante.

— Com certeza, não é Pittsburgh — afirma Charlie. — Também sinto falta de lá. — Ele acha um vão entre os bancos e aperta meus joelhos. — Mas Akron tem coisas boas.

Estou morrendo de calor. Encosto a cabeça no vidro.

O pai dá uma risada irritante.

— Diga isso a sua mãe. Talvez ela resolva vir de MacDowell.

— MacDowell é uma colônia de artistas em New Hampshire. — Charlie explica. — Ela está há meses trabalhando em suas esculturas numa espécie de cabine de madeira.

— Legal.

— Porque ela também odeia aqui — acrescenta o pai. — Até mais que eu, se isso é possível.

— Ah! — Não sei o que dizer.

— Ei, tenho uma coisa para lhe mostrar. — Charlie faz uma busca dentro da bolsa. — Fiz isso uma vez no acampamento de arte quando era criança.

Ele me dá uma série de fotos de Polaroid. Cada uma delas está duplamente perfurada na margem e a pilha está unida por um barbante vermelho. A primeira foto é de Charlie novinho, com uns 10 anos. Veste uma camiseta desbotada e shorts de skatista e os cabelos são longos e despenteados. Está trepando num escorregador.

— O que é? Um álbum?

— Não. É um *flip book*.

Fixo o polegar na extremidade e pressiono as fotos. De repente, Charlie está vivo, rolando como um efeito cascata de foto em foto; no fim, se levanta e alça os braços em sinal de vitória. É a coisa mais legal que já vi.

— Tenho de fazer um igual para uma amiga — digo, pensando no presente de aniversário de Beth. É perfeito pra ela. Sinto um pouquinho de tristeza, mas não me deixo abater.

— A gente pode fazer hoje em Kent.

— Charlie, já te disse um milhão de vezes: você vai ter de me ajudar com o laboratório — ladra o pai.

Mas Charlie não fica chateado nem reage. Mesmo que seu pai seja um idiota, ele é compreensivo e paciente, do mesmo jeito que é comigo.

— Tá certo, pai. A gente faz isso antes de dar uma volta pelo *campus*. O que você acha, Ruby? — Dessa vez ele estende a mão pra bater na palma da minha.

Eu bato na dele e abro um sorriso, enquanto Akron vai sumindo atrás do carro.

Capítulo 23

Como se eu não pudesse adivinhar, o pai de Charlie age como um verdadeiro idiota quando chegamos em Kent. Estacionamos perto da Faculdade de Artes. Depois de desligar o carro, ele para por um instante, as mãos grudadas na direção. Fico com receio de me movimentar ou fazer algum barulho, mas Charlie sai do carro como se tudo fosse normal, então eu saio também.

Charlie e eu tiramos as coisas do carro, enquanto o pai dele junta tudo. Sinceramente não ligo que seja meio estranho. Demoramos um tempão para carregar aquele monte de coisas. Eu manchei a minha calça favorita de tinta verde, mas não tem problema.

Quando chegamos na sala de impressão, fico superimpressionada. A sala é imensa, e vazia, e branca, com um bando de instalações em madeira e um imenso mural na parede para expor os trabalhos. Cuidadosamente, Charlie abre os pacotes de papel bege. As figuras do pai dele são maravilhosas. Muitas delas são imensas paisagens, do tamanho de uma parede, com muitas camadas de tinta colorida, uma sobre a outra, que formam um grande quadro com pequenas formas. Seguro numa das pontas, enquanto ele firma a outra e dá uma boa olhada de perto. É muito louco. Alguns quadros são tão cheios de detalhes que parecem fotos.

Charlie explica que seu pai pode passar as cores centenas de vezes antes de finalizar a obra. E se o papel escorregar ainda que só um pouquinho, então toda a impressão fica destruída. Quando ele está trabalhando no estúdio de casa, Charlie não pode nem subir as escadas, pois o chão pode estremecer e arruinar tudo. Parece que a vida em casa é estressante também para ele.

O pai caminha de modo estudado pela sala e se senta num banco de metal perto da janela. Ele olha para o *campus* ali embaixo enquanto beberica qualquer coisa na garrafa térmica. Acho que ele vai vomitar.

— Ele está bem? — sussurro para Charlie, enquanto ele arruma uns tubos de tinta numa mesa, seguindo uma ordem que não entendo bem, mas que parece ser bem pensada.

— Sim, ele está bem — vira os olhos para mim. — Desculpe se isso não é divertido, mas preciso terminar umas coisas antes de a gente passear.

Sorrio. Não quero apressá-lo.

Depois de dez minutos de arrumação, e outros dez de sussurros de pai para filho, enquanto os alunos entram na aula, vamos até o elevador. Estudantes continuavam a ir e vir enquanto a gente descia pelo elevador. Será que eles pensavam que erámos universitários?

Charlie me estende algo. É um bóton azul com os dizeres em amarelo: "Não vem não". Rio enquanto ele coloca outro bóton, igual ao meu, na malha e depois passa a mão no cabelo embaraçado. Aí, passa a mão pelo meu cabelo.

Caminhamos bem devagar. Está ventando muito. Charlie enfia o braço no meu, de modo que ambos possamos aquecer as mãos nos bolsos.

— Obrigado por me ajudar — diz.

— Não foi nada. O trabalho do seu pai é lindo. Ele não precisa ficar nervoso.

— É, eu sei. Ele ficou assim depois do incidente em Pittsburgh.

Não sei se devo perguntar os detalhes da história. Então, viro a cabeça de lado e finjo que estou realmente interessada num grupo de garotos em frente a um computador, sob uma árvore.

— Você pode me perguntar o que quiser, quero dizer, se realmente estiver interessada.

Parece um pouco ferido ao dizer isso, e não quero que ele se magoe.

— Tá certo. Do que você está falando?

— Ele perdeu o emprego. Ou melhor, ele não foi promovido, então pediu demissão. Ele pensou que o diretor fosse correr atrás dele, mas não foi o que aconteceu. Então ele ficou de orgulho ferido porque o meu pai "se acha". Se bem que ele é fodão mesmo, mas, enfim... Então, quando surgiu essa oportunidade em Kent, a gente se mudou. E ele está superdeprimido.

— Nossa!

— É. O melhor jeito é tratá-lo como uma criança. Ajudando-o, dizendo-lhe que ele está fazendo um ótimo trabalho, tentando convencê-lo de que é tudo superinovador e tal. Acho que a maioria dos artistas é insegura. Bom, pelo menos, eu sou.

— Ah, vai, você?

— Sério. Você deveria ter me visto ontem à noite, tentando decidir se te ligava ou não.

Tento esconder o sorriso com os cabelos.

— Sou com certeza a pessoa mais insegura que conheço.

— Bem, você é um artista, então está perdoado.

Chuto algumas pedrinhas pelo chão.

— Não acho que é bem isso.

— Vejo como você olha para as coisas. Com certeza, você é um artista, quer você saiba, quer não. — Ele sorri para mim.

Tiro a câmera da bolsa e Charlie me ajuda a tirar uma foto para um *flip book*, que talvez dê para Beth. Como ela vive reclamando que eu não sorrio como uma pessoa normal, tiramos umas dez fotos, que vão desde um sorrisinho, ou uma cara séria, até um largo sorriso.

Em seguida, a gente vai para um restaurante vegetariano e pede um prato enorme de pão doce com carne de soja e molho de tomate. Não sou muito fã de carne de soja, o que em outras palavras significa que adoro a salsicha do Dodie, mas até que está bom. Não tem gosto de carne, mas é gostoso. Charlie guarda um pouco para dar aos esquilos que estão por toda a parte no *campus* de Kent.

Seguimos algumas indicações e vamos parar numa galeria de moda. Eles têm um monte de roupas penduradas em caixas de vidro. Será que a Beth sabe que a gente pode se formar em moda? Eu não sabia.

— O que você vai fazer no Halloween? — Charlie me pergunta, verificando um vestido bem louco com estampa de borboleta, feita com rótulos de garrafas de refrigerante Montain Dew.

— Achei uma fantasia de bandeirante num lojão. Mas eu tenho de costurar uma faixa com distintivo.

— Legal. Que tipo de distintivo?

Penso nos modelos que Beth imprimiu para mim.

— Provavelmente alguma coisa clássica, como casa de passarinho ou arco-íris e violão.

Charlie para um segundo e põe as mãos nos meus ombros:

— Espere um pouco, você sabe tocar violão?

— Não — digo, me livrando dele para dar uma olhada melhor numa armadura de cavaleiro, inteiramente feita de lantejoulas. — É só para compor a faixa. — Às vezes, acho que decepciono Charlie. Como se ele esperasse que eu fosse mais descolada. Quanto mais ele me conhecer, mais careta ele vai me achar.

Charlie não concorda:

— Você não pode usar um distintivo de violão se não sabe tocar violão. — Ele cruza e beija os dedos. — Juramento de bandeirante.

Dou risada.

— Não acho que elas deem distintivos de honra para pessoas como eu. —Tenho uma ideia. — Ah, meu Deus! Por que não pensei nisso antes? Já que o Halloween é uma festa subversiva, acho que distintivos subversivos teriam mais a ver. Algo como... sei lá... um distintivo para pais divorciados.

Charlie brinca:

— Você não é uma bandeirante. Você é uma antibandeirante dos infernos. — E imita o chifre do diabinho com as mãos.

— Exatamente — digo, dando uns pulinhos. Estou saltando de alegria com essa ideia. — Poderia fazer um distintivo com um divã de terapia.

— Que máximo! Posso te ajudar, se quiser. Posso fazer um bóton.

— Tá certo. Tenho um monte de retalhos de pano que Beth me deu.

E aí ficamos em silêncio. Um silêncio bem desconfortável. É como se eu planejasse as coisas mais fantásticas do mundo, mas no fundo duvidasse que fossem acontecer de verdade.

Charlie concorda com a cabeça e sorri. Vai até outra caixa e finge estar verdadeiramente interessado, muito embora a caixa de vidro contenha somente manequins despidos.

— Onde você vai passar o Halloween?

— Ainda não tenho certeza — minto. Não sei se devo convidá-lo.

— Teddy Baker vai dar uma festa, mas não é uma boa pedida. Todas as garotas de Lambert vão se vestir de enfermeira e os meninos da Fisher vão pôr uma roupa de cafetão ou mafioso — suspira. — Sabe, em Pittsburgh meus amigos e eu costumávamos sair à meia-noite como mortos-vivos e aí a gente perambulava pelas ruas como zumbis, assustando todo mundo. Todo ano juntava mais pessoas. Era superlegal.

— Você tem saudade de casa? — pergunto.

— Sim, às vezes. Sinto falta da minha mãe por perto. Ela sempre me ajudava com meu pai. Evitava os acessos de raiva dele. Acho que ela precisava de um tempo, então estou lidando com ele sozinho.

Quero convidá-lo para a festa. Quero dizer, não acho que a Beth vá se opor. Eu gosto de Charlie e, se hoje estou aqui com ele, devo isso a ela. É uma coisa boa. Ela vai ficar contente por mim.

— Bem, a Beth vai dar uma festa. Mas você precisa vir fantasiado.

Charlie sorri:

— Eu vou como seu namorado? Porque nesse caso eu vou ter de me vestir de acordo.

Estou superenvergonhada. Tento esconder meu entusiasmo olhando para as instruções da coleta seletiva de lixo no *campus* de Kent.

— Se quiser, você pode.

— Você não está brincando? A gente vai ser o casal com a fantasia mais criativa da festa.

Continuamos a andar pelos corredores, agora de mãos dadas. Ele está um pouco suado, mas eu não estou nem ligando. É como se eu vivesse uma outra vida com Charlie, uma vida sem problemas ou preocupações. É um sentimento maravilhoso. Ele me leva a uma enorme biblioteca. Entramos, passamos por uma série de meninos sentados ou diante do computador. Descemos a uma espécie de andar inferior, seguindo as placas "Filmes e *slides* de arte". Charlie deve saber aonde está me levando e chegamos a uma sala de projeção, não muito maior que um *closet*, com só uma cadeira. A gente não precisa de muito espaço. Ele fecha a porta e a gente se beija por um minuto e a eternidade.

Pela primeira vez não me preocupo com o que fazer com as mãos, ou quão babada estou ficando, ou se estou muito ofegante, ou se vou sentir cócegas se ele escorregar a mão pelo meu corpo. Quero ficar vulnerável.

Depois de um tempo, vamos para a galeria Michener ver a coleção de fotografias da universidade. Há uma porta de vidro na entrada. Alguns estudantes e adultos circulam pela galeria completamente branca. Nunca vi fotografias tão bem destacadas antes. Cada uma delas tem uma lâmpada e uma moldura escura.

Estou contente que não esteja lotada, porque posso ficar bem na frente de cada uma das fotos. Charlie anda bem mais rápido que eu, mas não me importo. Quero demorar. Ele se oferece para carregar a minha bolsa — ele a põe nas costas, e deixa a sua virada para a frente.

A primeira foto bem legal que vejo chama-se "Water and Foam", de Ansel Adams. Leio a legenda e descubro que ele ficou famoso por fotografar paisagens. Esta é em preto e branco. Dá para ver que é realmente sobre água e espuma — um close de água escorrendo e formando espuma. No entanto, é mais que isso. Parece algo de outro mundo, do espaço sideral, estrelas cadentes e a Via-Láctea. Lembra, ligeiramente, a foto que tirei da árvore com ramos de arame de guarda-chuva. Não estou dizendo que estou à altura de Ansel Adams, é claro. Mas posso entendê-lo, e isso dá uma sensação de que sou inteligente, eu acho.

Outro cromo me chama a atenção e vou direto para ele. Tudo o que se vê é um close de uma garota sendo perseguida, porém o que realmente se destaca são seus olhos. Eles são muito alongados e têm uma maquiagem pesada. E ela está chorando. Mas em vez de lágrimas, são gotas de silicone ou plástico. São propositadamente artificiais.

Adoro o que esta foto me provoca. Uma consciência das emoções falsas. O nome do fotógrafo é Man Ray. Será mesmo seu verdadeiro nome? Quero saber mais sobre ele.

Charlie se aproxima e pega na minha mão:

— Você está se divertindo?

— Sim, muito. — Isso tudo é incrível. Olhando para essas fotos, deu vontade de experimentar coisas novas com a câmera. Estou inspirada. Estou supercontente que a gente tenha vindo aqui juntos. Nem dá para acreditar que isso está acontecendo. Não me sentiria tão bem não fosse por Charlie. É mágico.

Vamos até o último corredor da galeria. Uma placa esclarece que aquela sessão contém fotos de Diane Arbus pouco antes de ela cometer suicídio. O que é deprimente. Acho que ela também tinha problemas. Talvez todos os artistas tenham. Entretanto quero muito ver suas fotos... e, como Maria mencionou, pode ter um pouco a ver comigo.

A primeira é de quatro jovens, cada um usando fantasias de Halloween feitas em casa, como máscaras de sacolas de papel e grandes lençóis. Uma garota cortou alguns morcegos com papel preto e colou-os no vestido. É bem legal. Outra foto é de uma menina obesa sozinha, coberta de lençol e máscara, de pé num prado. É esquisita e triste.

Quando me dirijo para a próxima foto, paro de sorrir.

Agora percebo que as pessoas fotografadas são doentes mentais. Numa delas, estão sorrindo e correndo de máscara pelo prado, inocente e alegremente, como crianças pequenas. Mas elas são maiores. Algumas são provavelmente mais velhas que eu. E seus rostos são delicados de um modo em que se percebe que há algo errado com elas.

Solto a mão de Charlie e vou para o próximo cromo. Agora as pessoas estão menos felizes. Parecem não saber o que está acontecendo. Um garotinho pintou um bigode fora de moda no rosto. Uma mulher mais velha, de máscara preta, está na frente dele, e ele parece estar mancando.

— Isso não é correto — digo para Charlie.

— Eu sei, é louco, não é?

— Não. Isso não é correto.

— Ei, espere... — Charlie fala bem pausadamente, cuidadosamente, percebendo o quanto estou tocada. — Fale comigo. O que é que não é correto?

— Bem, está todo mundo feliz, e sorrindo, e se divertindo, mas... — eu me viro de lado e olho para a foto.

— Ruby, não fique mal por causa deles. Olhe, eles estão se divertindo.

Saio de perto dele e vou andando pela galeria, mas lágrimas grossas vertem de meus olhos. Sou uma idiota.

Charlie põe novamente as mãos firmes nos meus ombros. Ele me vira para ele. Abaixo a cabeça e tento enfiá-la dentro da gola.

— O que foi?

— Ela está usando essas pobres pessoas. Está explorando-as porque pensa que elas não vão se importar.

— Bem, sim, e daí? Muitos quadros são assim. Mas ela não tira fotos só de deficientes mentais, Ruby. Tem fotos de casais com roupas iguais, anões, nudistas: todo tipo de gente louca. Ela tinha obsessão por coisas estranhas.

— Você não vê? Ela não está apenas nos mostrando essas pessoas, ou o que é triste e louco nelas. Ela está nos forçando a ver as coisas de determinado modo. O modo dela. — Enxugo as lágrimas. Estou péssima. Tenho que sair logo dali. Quando abro os olhos, Charlie tira uma foto de mim.

— O que você está fazendo? — grito e gesticulo tão forte que quase derrubo a câmera das mãos dele. As outras pessoas se viram para nós.

— Sei que parece loucura, mas a dor pode ser algo bom. Ela nos põe em contato conosco mesmos. Por que você acha que meu pai é tão bom? Porque ele é muito triste.

— Não quero ser triste! E não gosto de pessoas que manipulam meus sentimentos.

— Não, claro que não. Mas olhar para algo e ter sentimentos é essencialmente o que a arte provoca. — Ele balança a cabeça. — Escute, sei que você está com medo de alguma coisa que alguém possa descobrir sobre você, mas não pode deixar que o medo a domine. Isso faz parte de você.

Ele me mostra a foto que acabou de tirar. E para a minha surpresa, não pareço destrambelhada, pareço viva. Algo me atingiu. Todas as fotos e lembranças me forçaram para este momento de reconhecimento. Não estou fazendo caras e bocas para fingir algo, ou abrindo um sorriso falso. Só estou sendo eu mesma.

Charlie me acompanha para fora da galeria, até o jardim. Mas está superquente; então tiro o casaco e deixo-o em cima da grama. Ele me ajuda a sentar e espera que eu fale qualquer coisa.

Não demoro.

Eu me abro totalmente com ele. Conto sobre Jim, sobre ele ter nos deixado e como minha vida mudou depois disso. Conto-lhe todas as lembranças das quais sou refém. Digo-lhe que Jim está num hotel da cidade e que soube disso por acaso. Conto-lhe sobre a carta e que Beth a roubou de mim. Não sei o que fazer.

Conversar com Charlie é diferente de conversar com Beth. Ele não fica concordando comigo o tempo todo. E o melhor de tudo, não me interrompe para dizer as coisas pessoais dele, ou tenta forçar-me a ver tudo como ele vê. Ele só escuta. Gosto disso. E minha cabeça, que geralmente está avessa a mudanças ou que geralmente faz o que se espera, parece que está reverberando tudo aquilo e que vai explodir de loucura, liberação e alívio.

Pela primeira vez, admito que talvez Beth não seja a dona da verdade. Uma vez que me abro, que tudo está solto, isto é a verdade. Parece ser a verdade. E se bem que seja triste também me dá coragem para enfrentar o que tudo realmente significa.

Preciso dizer a Beth que sei o que ela fez com a carta.

Capítulo 24

Depois que o sr. Eid recolhe as tarefas de todos os alunos, rasgo uma folha de caderno e tiro a tampa da caneta.

Penso um pouco e escrevo:

Beth,
Me encontre na biblioteca no almoço. Urgente!

Dobro o bilhete na forma de um triângulo e enfio-o no bolso da frente do moletom com capuz. Então, ponho a mochila nas costas e seguro-a firmemente. A ponta da caixa de papelão que Jim me deixou está para fora da mochila. O sinal vai tocar em um minuto e já sei o que vou fazer.

A coisa é que eu decidi que não vou forçar um confronto com Beth. Só quero que ela admita que a carta está em seu poder e me confesse a verdade. Então estará tudo bem.

Beth tinha deixado algumas mensagens no celular me perguntando se eu tinha melhorado e passou em casa para me dar a lição de casa, mas eu já estava dormindo. Bom, isso foi legal da parte dela. Então, queria poder confiar nela de novo. Odeio ter esse tipo de sentimento e sabia que isso podia acabar com a nossa amizade. Agora que eu queria lidar sempre com a verdade, a verdade é que eu me importava com nossa história. Eu me importava com ela.

Então tive uma ideia. Iria mostrar-lhe a caixa que Jim tinha me deixado e me fazer de boba. Faria de conta que não sabia de nada da carta e quando lhe perguntasse qual era sua opinião, ela teria que me contar a verdade, ou pelo menos me dizer por que ela pegou a carta.

O sinal toca e é hora de ir para o primeiro turno de aulas. Vou na direção oposta da sala de história, mais precisamente vou para a sala de inglês, onde Beth deve estar. Vou ficar esperando na porta.

— Oi! — Beth se aproxima. — O que é? Sentiu a minha falta hoje de manhã antes de vir pra escola?

— É pra você. — Entrego-lhe o bilhete e ela sorri. Beth adora bilhetes. Sorrio também, embora pareça que estou mentindo.

Sigo andando para a sala de aula e alguém me venda os olhos por trás. Dá para adivinhar quem é pelo cheiro de pão de gengibre.

— Maria?

— Ah! — ela me gira. — Então, está melhor? O que foi que teve, mononucleose? Pegou do novo namorado?

Dou uma tossida forçada.

— Não. Só um resfriado.

— Então, como vão as coisas com Charlie?

— Acho que tudo bem. — Percebo que ela se desaponta porque não entro em detalhes. Sei que ela adoraria escutar minhas aventuras em Kent, a reação diante da obra de Diane Arbus, mas não dá pra contar nada. É um milagre que ela ainda goste de mim, porque nossa amizade é totalmente de mão única. Ela me conta muito mais coisas. — Bem, convidei-o para a festa, como você sugeriu.

— E ele aceitou?

Eu sorri e disse que sim. Maria quase me derrubou com um abraço.

— A única coisa é que... ainda não contei a Beth.

— Ela não vai ligar. Vai ficar contente por você.

— Não sei, não. Ela ficou meio estranha no carro quando você tocou no assunto.

Ela faz um muxoxo:

— Que importa? Eu vou convidar o Davey, muito embora ela ache que eu tô perdendo tempo. Sabe, a gente ainda não se beijou. Não entendo o que há de errado com ele. Talvez ele só queira ser meu amigo.

— Acho que ele deve estar nervoso. Porque, você sabe, você tem bastante experiência. — Mordo o dedo. — Desculpe, não quis dizer isso.

Maria dá risada.

— Tudo bem, eu entendi. Talvez seja isso mesmo. Duvido que Davey tenha beijado muitas meninas. Ele é meio tímido, que nem você. — Balança a cabeça. — De qualquer modo, não se preocupe com Beth. Se quiser, diga-lhe na minha frente. Vou vibrar tanto que, com certeza, ela não vai dizer não.

Poderia abraçá-la. Abraço-a.

— Obrigada, Maria.

Um pensamento rápido me ocorre e sussurro-lhe no ouvido:

— Ei, me faça um favor, ok? Me encontre na biblioteca na hora do almoço. Quero lhe contar algo. — Ajeito seu cabelo e olho para uma garota alta no fim do corredor, com cara de brava como sempre. — E não conte nada para a Katherine.

Maria está bastante surpresa e animada. Ela me aperta o braço.

— Que divertido! Eu ia te perguntar o que pretende dar pra Beth de aniversário. Já que cai num sábado a gente pode decorar o armarinho dela amanhã.

— Ah! Tá combinado. — Ainda bem que ela me lembrou... Se eu tivesse esquecido, Beth não me perdoaria. Ela leva a sério esse tipo de coisa. Graças a Deus que temos mais um dia para preparar.

— Espere. O que você queria falar comigo? — Maria parece bem interessada.

— Ah, é que, bem...

Maria percebe que estou olhando para Katherine, que vem em nossa direção. Ela me dá uma piscada.

— Ah, tá certo, a gente se encontra na biblioteca.

Estou nervosa, mas contente pelo que fiz. A reação de Maria à caixa pode ser algo a meu favor. Beth não seria tão severa comigo como é normalmente quando estamos sozinhas. E seria legal se, finalmente, demonstrasse a Maria que a considero minha amiga.

Logo que toca o sinal para a hora do almoço, pego os livros e vou direto para a biblioteca. Não está tão lotada; só uma mesa ou duas de meninos mais velhos que usam camisas dos times de que mais gostam. Vou, sem hesitar, para o fundo da sala, perto das enciclopédias dos anos 1970 que ninguém mais consulta.

Sento-me no carpete e fico esperando com a mochila no colo.

Beth vem primeiro. Ela se agacha e me dá um abraço com ternura. Sorrio para ela e abaixo a cabeça, em busca de coragem. Então, Maria aparece no corredor. Beth parece surpresa, mas rapidamente esconde o sentimento.

— Ei — diz Maria, sentando-se a meu lado. Ela está de saia, mas nem se preocupa em fechar as pernas. Deve ser porque está de meia.

— Então — minha voz está tremendo. Abro a mochila e pego a caixa de papelão. Estou tão chateada quanto a primeira vez em que pus os olhos nela. — Encontrei isso na porta de casa ontem.

— O que é isso? — Beth pergunta. Não parece curiosa. Está desconfiada.

— Pertence ao Jim — digo e evito olhar diretamente para Beth.

— Verdade? — Maria diz, mordendo o lábio. Põe as mãos com cuidado, como se a caixa estivesse quente. — Posso...?

— Claro, vá em frente.

Afasto-me um pouco enquanto Beth e Maria começam a despejar coisa por coisa de dentro da caixa.

— Por que você não me contou isso antes? — pergunta Beth. Levanta dois objetos e deixa-os cair.

Dou de ombros:

— Não sei o que fazer com isso.

— Talvez ele não tenha deixado isso para você, mas sim para sua mãe. — É algo ridículo de dizer e Beth sabe disso. Antes que eu possa responder, Maria pega a tampa da caixa e aponta para onde Jim escreveu "Ruby" de caneta azul. — Ah! — diz, amuada.

— Ele deixou um bilhete ou algo do gênero? — pergunta Maria.

— Não — olho pelo canto do olho para Beth, mas ela está se ajeitando no carpete e não diz nada.

— Bem, acho que seu pai, quero dizer, Jim, ou seja lá como você o chame, quer que você saiba que ele está em algum lugar perto de Akron. E parece que quer realmente que você saiba disso. Então, você deve dar um jeito de descobrir onde ele está e ir lá trás dele, e você deve escutar o que ele tem pra lhe dizer ou então mandar cair fora de uma vez.

É exatamente o tipo de conversa que eu queria ter. Antes que eu possa dizer algo, Beth põe as mãos no meu joelho e se volta para Maria:

— Se ele realmente quisesse vê-la, ele teria escrito onde ele está. Desculpe, mas acho que este é apenas um modo de perturbá-la. — Ela estica os braços. — Como eu disse, você deveria esquecer isso tudo.

Estou boquiaberta. Beth pega o relógio e tenta escutar o tique-taque inexistente. Não acredito que está sustentando essa mentira!

— Mas e se ele tiver algo importante para me dizer? — pergunto.

Ela dá risada.

— O que, por exemplo? Por que ele foi embora? Por que ele nunca telefonou? — Beth vira os olhos. — Que tipo de esclarecimento você acha que vai ter, Ruby? E o mais importante, vai fazer alguma diferença se você souber?

— Vou fechar o ciclo.

— Vai fechar? Achei que você já tinha fechado. Tenho a impressão de que já está tudo acabado.

Olho para Maria. Está tamborilando na caixa sem parar. Sei que tem medo de se meter. Deve ter se arrependido de ter vindo.

— Bem, conversei com Charlie...

— O quê? — pergunta Beth. — Então, você foi direto contar pra ele e não me disse nada? — Ela revira os olhos. — Honestamente, Ruby. Não me importo com o que o seu namorado de apenas dois dias disse. Eu fui a única que fiquei do seu lado todo esse tempo, te ajudando a passar os momentos difíceis. — Ela põe de volta as coisas dentro da caixa. — Escute, talvez você me ache uma idiota, mas estou cansada de repetir as mesmas coisas para você. Ou você me ouve, ou pensa com a própria cabeça. E tudo bem, mas não vou perder tempo e energia tentando te ajudar se você ignorar o que eu te disser.

— Não estou entendendo. — Não estou mesmo acreditando nisso. É pior do que qualquer mentira que ela tenha me contado. — Você está me dando um ultimato?

Maria limpa a garganta:

— Acho que Beth está tentando te dizer que ela não quer que você sofra. Ninguém aqui quer, Ruby.

— O que é isso? Uma espécie de reunião do conselho indígena? — vejo Katherine na nossa frente. Ela está "p" da vida. — Quem convocou essa reunião? — Maria olha para baixo, mas Beth me olha firme. — Obrigada por ter me convidado, Ruby! — ironiza Katherine.

Não dá para enfiar a caixa dentro da mochila com rapidez.

Katherine está apoiada numa estante de livros:

— Andei procurando vocês por toda a parte. Sério, Ruby. O que tá acontecendo? Não sou legal o bastante pra participar dessa reunião?

Eu me levanto primeiro. Katherine tenta impedir minha passagem, entre duas estantes, mas passo por baixo do braço dela e vou andando. Ela não existe.

Capítulo 25

Depois do último sinal, levo um tempo até chegar ao armarinho. Os corredores estão lotados, as pessoas falando mais alto do que nunca. Colo as mãos nos ouvidos e ando junto à parede, mantendo a cabeça baixa. Abro o cadeado, me jogo no chão e puxo os livros do fundo do armário.

Estou pensando que vou voltar para casa sozinha, mas, assim que me levanto e bato a porta do armário, vejo Beth me esperando. Não me lembro de quem sai primeiro, mas ambas nos viramos e saímos dali. Sem emitir uma palavra.

É como se Beth tivesse virado minha mãe ou algo assim.

Provavelmente hoje é o dia mais frio do ano. Maria já está dentro do carro, se esquentando. Dobro a gola do moletom e então paro.

O cachecol que Beth me deu. Cadê? Devo tê-lo esquecido no *campus* de Kent.

Sinto-me péssima, talvez mais do que deveria, mas não há nada que eu possa fazer agora. É capaz que Charlie o tenha achado e tenha se esquecido de me devolver. Espero encontrar antes que Beth perceba.

Katherine está no banco da frente, dando risada no celular e pondo as mãos perto do ar quente. Era sua vez de ir no Banco Menstruado, mas acho que está tirando uma onda comigo. Então, pulo para dentro e me sento no seu lugar, bem escondidinha por trás do meu cabelo comprido.

Katherine desliga o celular e se vira para mim.

— Ei, Maria e Beth, querem vir para a minha casa? — Ninguém diz nada. — É sério: tenho um segredo para lhes contar, tão logo a gente deixe Ruby em casa.

Trinco os dentes. Não vou lhe dizer nada, mas estou morrendo de vontade de meter a mão na cara dela.

— Cale a boca, Katherine — Beth diz, calmamente.

— Hein? Só estou dizendo...

— Bem, então não diga nada.

Maria vai primeiro para a minha casa. Uma carona misericordiosa, graças a Deus. Charlie está lá, de uniforme, sentado na grama, a bicicleta casualmente estacionada. Está revirando uns papéis no colo e continuamente tirando o cabelo do olho. Meu coração dispara. Que surpresa boa!

— Obrigada pela carona — digo ao sair do carro e pôr a mochila nos ombros.

Beth dá uma olhada em Charlie e volta-se para mim:

— Bom, então acho que você não vai aparecer hoje.

Viro-me para ela:

— Era para eu vir hoje? — Não me lembro de termos combinado nada. Tenho certeza disso. Ela acabou de me defender e agora quer começar uma briga. Não dá pra entender.

Beth não diz uma palavra. Nem mesmo "tchau". Então, fecho a porta do carro.

As garotas caem fora e Charlie acena para mim. Vou em sua direção, mas meus pés estão pesados como se tivesse cimento dentro do tênis.

Ele estica os braços e me puxa para o gramado.

— Dia difícil?

Caio por cima dele:

— Acho que sim.

— Você disse alguma coisa para a Beth?

— Disse, mas não quero falar disso.

Ele concorda com a cabeça e me mostra um maço de papéis.

— Digitei o nome do seu pai ontem no Google. Não descobri muita coisa, mas tem alguns artigos sobre reserva florestal em que ele é mencionado. Acho que ele trabalhou no Parque Nacional Lago de Crater.

Ele me estende os papéis, mas não os pego.

— E...?

— Bem, achei que você ia querer ler antes de vê-lo.

Cruzo os braços.

— Quem disse que vou vê-lo? Eu nunca disse isso.

— Sei disso, Ruby. É só para o caso de você decidir vê-lo.

— Ei, você por acaso está com o meu cachecol?

— Não, por quê? Você perdeu?

Fico bem chateada.

— Vamos entrar — e puxo-o pelo braço.

— Tem certeza? Posso ir embora, se você quiser. Parece que você tem um monte de coisas em que pensar.

Tô de cabeça cheia, mas não quero ficar sozinha. Porque daí vou mesmo pensar nessas coisas.

— Nããããããããão. Por favor, entre.

— Tá bom — concorda, dobra as folhas de papel e enfia-as no bolso do casaco.

Pego a chave reserva e Charlie me espera quietinho. Tão logo entramos, não demora muito até que a gente se entenda. É só o tempo de ele tirar o casaco, descer as escadas e de eu perguntar se ele quer beber alguma coisa.

Mas beijar Charlie na cozinha não é tão bom quanto beijá-lo em Kent. Acho que tenho muitos problemas na cabeça agora. Então, dou um amasso nele e puxo-o para baixo, até que nos deitamos no chão. Não paro de acariciá-lo.

A porta automática da garagem se abre. Dá para sentir a vibração no chão da cozinha. Devia parar de beijá-lo, mas não consigo.

— Acho que sua mãe chegou — Charlie se afasta de mim, mas eu o puxo de volta. — Ei, o que você está fazendo? — pergunta, enquanto tira minhas mãos do cinto de metal dele.

Rio, mas nem parece que sou eu. Agarro-o forte.

Ouço passos na escada, porém quero ir nisso até o fim. Alguém abre a porta. Charlie tenta se afastar, mas eu não deixo. Seguro-o pela nuca.

Minha mãe dá um grito quando nos vê no chão:

— Ruby!

Ela vira a cara e cobre-a com as mãos, como se a gente estivesse pelado.

Charlie se livra de mim e se levanta:

— Olá — sua voz está tremendo. — Preciso ir embora. Eu te ligo depois, Ruby.

Dessa vez, deixo-o ir. Minha mãe está olhando feio para mim. Depois que a porta se fecha, diz:

— Você sabe que meninos não podem entrar aqui se eu não estiver em casa.

— Desculpe, esqueci que morava num convento.

— Ruby!

Ela acabou com a vida dela, mas não vou deixar que faça o mesmo com a minha.

— Mãe, só porque você tem medo dos homens não quer dizer que eu também tenha.

— Não fale comigo desse jeito.

— Tá. Não vou falar nada. Sei que você prefere assim.

Eu me levanto, arrumo os papéis de Charlie e vou para o meu quarto cuidar da fantasia.

▲

Capítulo 26

Estamos estacionadas na porta da casa de Katherine, e ela está demorando um tempão.

Protejo meus olhos cansados do sol e discretamente folheio as páginas que Charlie me deu, escondidas na mochila. Quase me esqueci de novo de decorar o armarinho da Beth, mas Maria me lembrou. Então, antes de sair de casa, juntei umas fotos de mim com ela, alguns laços e fitinhas e uma fita adesiva, embora tudo isso, hoje, me pareça muito estranho.

Devia ter feito isso ontem, para que Beth tivesse uma surpresa hoje de manhã. Porém, o aniversário dela era a última coisa em que eu estava pensando. Estou apenas folheando foto por foto do que a nossa amizade costumava ser. Até mesmo as mais recentes, como as de maio no lago Erie, parecem velhas e distantes.

— Quer que eu ligue para a Katherine? — pergunta Maria, buzinando de novo. — Não posso me atrasar hoje. — E me olha pelo retrovisor. Maria já deveria ter passado na secretaria da escola e pedido para anunciar o aniversário de Beth pelos alto-falantes. Mas, a essa altura, isso não ia acontecer, porque a gente ia mesmo perder a hora.

— Lá vem ela — diz Beth, apontando-a.

A porta da frente da casa de Katherine se abre e bate contra a grade. Ela está de braços abertos, apontando e gritando para alguém dentro da casa que não dá para ver. Uma menininha com cabelos claros cacheados e presos em rabo de cavalo, camisola lilás e chinelos passa na frente da porta. Está fazendo um escândalo e agarra-se às pernas de Katherine. Mas ela parece não notar, muito atenta em seus próprios argumentos. Até que se livra da irmã, põe o pé para fora e bate a porta tão forte que o ferrolho balança três vezes. Vem em nossa direção, carregando a bolsa contra o peito. Ao passar por entre dois carros, dá um chute em um sedã cor de chocolate tão forte quanto possível.

— Ai, ai, ai — Maria destrava a porta. Vou para o Banco Menstruado, embora seja a segunda vez que Katherine deva se sentar nele.

Ela entra e procura um cigarro, as mãos inchadas, vermelhas e rachadas. Pega o isqueiro e dá uma boa tragada.

— Tá tudo bem? — pergunta Beth, virando-se no banco da frente. Tenta afastar uma mecha de cabelo na frente dos olhos de Katherine.

Katherine vai mais para trás. Dá outra tragada e enche o carro de fumaça.

— Sim, tudo bem — diz, calmamente. — Tome. — E lhe entrega algo roxo que trazia dentro do bolso.

— O que é isso?

— É um lacinho que comprei na farmácia ontem à noite. Pensei que quisesse pendurar na camisa hoje, assim todo mundo vai saber que é seu quase-aniversário.

— Muito obrigada! — diz Beth, mexendo no retrovisor e colocando a fitinha na blusa de bolinhas vermelhas. Seguro a minha mochila contra o peito e olho para o relógio no painel do carro. Tenho de descobrir um jeito de decorar o armarinho antes que ela passe por lá. Não posso me distrair com Katherine.

— De nada. Agora, me escuta. Tenho de pedir um favor. Sobre hoje à noite.

Estamos a um dia da festa e o plano é passar a noite na casa de Beth e ajeitar os últimos detalhes com relação à comida, fantasias e pista de dança. Também vamos providenciar aquelas minigarrafas de bebida de avião e rir muito da maratona de filmes de Halloween que vai passar na TV a cabo.

— O que é? — diz Maria, parando num sinal amarelo.

— Vocês costumam sair juntas e se divertir na Mischief Night[8]?

Beth enrola um cacho do cabelo:

— Ano passado a gente zoou com a casa de um pessoal.

Maria dá risada e muda a estação de rádio:

— Era a casa de Joey. E ele merecia o que fizemos, lembra-se?

Não me lembro quem é Joey. E não sei como Maria se envolveu com ele. Eu não me vejo beijando ninguém exceto Charlie. Será que ela gosta de todos os garotos com quem namora? O Davey é mesmo um cara especial ou é só pra não perder a prática?

Beth se vira para Katherine:

— Por quê?

Katherine abre a janela, mandando uma rajada de vento frio para dentro do carro.

— Porque eu quero pregar uma peça no meu pai, mas vou precisar de ajuda.

— Ai, Katherine, não sei, não... — diz Beth.

— Não vou fazer nada de mais. Só vou cobrir o carro dele com creme de barbear para que ele não possa vir dormir em casa hoje.

— Você não acha que ele vai limpar tudo e vir do mesmo jeito? Se ele quiser ver a sua mãe... — pergunto.

Katherine me ignora completamente.

— Eles passaram a noite de ontem brigando porque minha mãe quer que ele volte para casa, mas ele diz que quer ser independente e coisa e tal. Mal consegui dormir e é claro que meus irmãos ficaram morrendo de medo. Então, hoje de manhã eles estavam bolando um plano para uma noite romântica como se nada tivesse acontecido. Eu fico louca!

— Mas e se...?

— E dá tempo de terminar todas as coisas para a festa. Não se preocupe, Beth. Só vai levar uns cinco minutos.

[8] Também conhecida como Devil's night – noite do Demônio –, é uma festa tradicional dos países anglo-saxões que ocorre em 30 de outubro, um dia antes do Halloween. (N. T.)

— Hummmm... — Beth tamborila os dedos no vidro. — Ainda não sei.

— Ah, vai! Vai ser divertido.

— Não tô achando uma boa ideia — digo bem alto pra todo mundo ouvir. Posso observar que Katherine vai ter um ataque e que as coisas vão fugir do controle.

— Honestamente, não me importo com sua opinião, Ruby.

— Bem, não conte comigo.

— Ninguém te convidou mesmo.

— Eu não ligo — resmungo.

Ninguém abriu a boca durante o restante do caminho. É superconstrangedor ficar sentada perto de Katherine. Ela está obviamente querendo me excluir por causa do que aconteceu ontem na biblioteca. E está funcionando, para meu desagrado.

Assim que entramos na escola, toca o sinal.

— Ei, a gente devia ir direto para a classe — digo, carregando a mochila nos ombros. Graças a Katherine nos atrasamos de verdade e não quero que Beth vá direto para o armarinho. Talvez dê pra decorá-lo antes da segunda aula se eu convencer o sr. Reynolds de que tenho de ir ao banheiro. Ele é tão nazista que acha que a gente não faz xixi.

— Preciso de um lápis! — Grita Beth.

— Eu tenho. Tá dentro da mochila! — respondo, mas ela já foi andando. Ela não precisa de um lápis. Só quer saber se eu ainda estou agradecida por todas as coisas que ela fez no meu aniversário. Meu estômago embrulha.

Obviamente o armarinho dela é igual ao de todo mundo: de metal cinza. Ela para diante dele, esperando algo acontecer, alguma surpresa de aniversário.

— Beth, se a Katherine não tivesse se atrasado, eu poderia...

— Não tem problema — ela se afasta de mim. — Você poderia ter feito alguma coisa ontem, mas você preferiu sair com o seu namorado ou sei lá o quê.

Tento pedir desculpas. Na verdade, estou muito mal com isso, independentemente de todas as outras coisas. Não decorar o armarinho no aniversário da sua melhor amiga é imperdoável.

Ela põe a mão na cintura.

— E não pense que não percebi que você não está usando o cachecol. O que foi que aconteceu? Você o perdeu?

Eu digo que não com a cabeça, mas sei que ela não acredita em mim. Irrita-se e vai para a sala de aula.

— Bem, Ruby, quem sabe depois eu te ligo.

O jeito como falou, bem agressivo, deu para adivinhar que ela não vai me ligar. "Quem sabe" na verdade era "não vou mesmo te ligar".

Capítulo 27

Ligo para Charlie assim que chego em casa, porque estou bem chateada e não quero ficar sozinha. Ele atende imediatamente, como se estivesse com a cabeça ocupada com outras coisas e atendesse automaticamente, sem pensar. Marca um encontro comigo. Era exatamente isso o que eu queria.

Deixo as coisas da escola em cima da cama, pego a fantasia, a câmera e o saco de dormir, para o caso de eu ter de passar a noite com Beth, depois de ela ter ajudado Katherine a pregar uma peça no pai dela. Não acho que seja isso o que vá acontecer. Beth está "p" da vida comigo por conta da decoração de aniversário e do cachecol. E embora Maria tenha sido legal comigo na biblioteca, ela não sabe muito bem o que está acontecendo. Se não tiver um carinha envolvido na história, é como se ela não se interessasse. E falando sério, não aguento os problemas familiares de Katherine, porque os meus já me ocupam todo o tempo.

Tem uma parte de mim que quer passar a noite com Charlie e esquecer de tudo. Aposto que o pai dele deixaria. Ele é bem moderninho, o tipo de pai que não estranharia uma garota e um garoto dormindo juntos num saco de dormir. Só tenho de elogiá-lo como artista. Ou talvez ele fique o tempo todo no estúdio e a gente nem veja a cara dele. Eu ficaria no quarto de Charlie, e a gente faria bótons e ouviria música e ele prepararia uns lanches para a gente. E então a gente iria para a cama juntos, namorar e beijar e atrapalhar o sono um do outro noite adentro. Seria ótimo.

Charlie mora do outro lado da cidade, então o jeito mais rápido é ir de bicicleta. Ela deveria estar ao lado de casa, onde a deixei da última vez, mas não está. Vou até a garagem e verifico que está soterrada debaixo de um monte de tranqueira. Minha mãe deve ter feito isso.

Escuto um barulhão à distância. Viro-me para trás e uma luz quase me cega. São os faróis de um carro que freia na entrada de casa, mas não distingo quem é. Param o carro vagarosamente a meio caminho e apagam os faróis. Aperto os olhos para ver.

É minha mãe, que está vestida de jeans, cardigã vermelho e suas botas preferidas. Os cabelos estão presos num rabo de cavalo meio frouxo, mas muitas mechas estão voando com o vento. Está carregando duas sacolas cheias de supermercado.

— Ruby, é muito tarde para andar de bicicleta com roupas escuras. — Ela está atrás de mim, me observando, enquanto chuto uns pedaços de madeira, um ancinho e uns panos sujos. Logo que me livro de tudo aquilo, seguro firme o guidão, mas a bicicleta não sai do lugar. Uma mangueira de jardim se enroscou no pneu.

— Querida, eu levo você até a casa da Beth.

— Eu não vou para a casa da Beth — respondo. Chuto um regador que bate na janela, sem quebrá-la. Mesmo assim é um drama. — E o que é tudo isso que você pôs em cima da minha bicicleta? Nunca vi você usar nada disso. — Enfio o dedo numa bola de borracha meio murcha.

Minha mãe larga as sacolas no chão e tenta me ajudar a ajeitar a bicicleta. Dou um passo para trás e deixo que ela faça sozinha. É bem chato tudo isso.

— E para onde você vai? Não quero que fique fazendo arruaças na Mischief Night.

— Vou para a casa do meu namorado.

— Ruby, eu só o vi uma vez e devo lhe dizer que não tive uma boa impressão dele. Eu pensei que você fosse passar a noite na casa da Beth. Está tudo bem entre vocês duas?

Por que ela desconfia tanto de Charlie? Ele é a melhor coisa que aconteceu nos últimos anos. Faço uma cara feia.

— Está tudo bem, mãe. Charlie achou umas coisas sobre Jim na internet. Acho que isso é mais importante do que passar a noite com Beth, você não acha?

Minha mãe não esboça nenhuma reação, o que não é surpresa nenhuma. Está concentrada tentando desenroscar a mangueira das rodas da bicicleta. É mais difícil do que pensava. Está vermelha de tanto se esforçar.

— Charlie quer ir comigo encontrar meu pai. Os pais dele já disseram que tudo bem. — OK, isso não é bem verdade, mas aposto que Charlie viria comigo se eu lhe pedisse. É o tipo de cara que faz essas coisas.

Minha mãe puxa com força a mangueira. Ela estica bem e vejo que os nós estão desfeitos. De repente ela cai para trás sentada. Levanta-se, faz cara de dor e limpa as calças.

— Esteja de volta às dez horas.

Devo estar falando com as paredes:

— De repente você não liga mais para onde eu vou?

— Você acha que só porque você já fez 16 anos pode voltar para casa na hora que quiser?

— Não, eu acho que você prefere falar sobre qualquer coisa menos sobre o papai.

Ela entra de novo no carro e dá a partida. Os faróis estão ligados e ela espera pacientemente por mim. Quer que eu saia da frente com a bicicleta para ela poder estacionar. A janela do carro está fechada.

A conversa acabou. Pedalo o mais rápido que posso.

Mesmo que Charlie não me tivesse dito o número da casa dele, daria para adivinhar. A casa é grande e moderna, com muitas janelas de vidro fosco e vigas de metais expostos. É bem bonita e suntuosa, mas não é muito aconchegante.

Charlie está me esperando na escada. Tem uma máscara na cabeça com dois furinhos. Será que é sua fantasia para a festa de amanhã? Não vai combinar muito com a minha, mas é legal.

Deixo a bicicleta no jardim e pego a câmera da bolsa. Esta vai ser a melhor foto de todas. Boa para emoldurar ou botar numa estante. Eu miro-o pelo visor e aperto o botão.

— Oi — digo e puxo a foto.

Ele tenta me assustar com a máscara:

— Buuuu! — ele olha para baixo e eu o abraço.

— Tá tudo bem?

— Vamos — funga e ri ao mesmo tempo. — Entre. Tenho algo pra te contar.

— Tá bom. — Eu não tô muito a fim de entrar, acho que é uma armadilha.

Parece que dois jovens artistas bagunceiros moram na casa. Está repleta de coisas, caixas fechadas no canto da parede, contêineres por toda parte e cheiro de incenso.

O pai de Charlie botou um disco de música francesa e está bebendo uma enorme taça de vinho tinto. Faz uma dança esquisita em volta da mesa, onde uma de suas grandes paisagens está espalhada, como se seu corpo desajeitado não estivesse acostumado à felicidade. Cuidadosamente enrola a tela e mete dentro de um tubo de papelão. Igual ao que usei para embalar o mapa.

Sigo Charlie escada de madeira acima, passando por prateleiras cheias de esculturas de metal retorcido que suponho ser de sua mãe. O quarto dele é ainda mais bagunçado. Pensei que Charlie só fizesse bótons, mas há gravuras, impressões e retalhos de tecido por toda parte. Ele chuta as coisas para um lado, senta na cama e afunda as mãos no rosto.

Ele aponta para um lugar a seu lado, mas não quero me sentar.

— O que há?

— Meu pai foi contratado de novo para dar aulas em Carnegie-Mellon. Eles ligaram para ele hoje e ofereceram-lhe a promoção. Parece que o cara que ficou no lugar dele é um incompetente.

— Ah é? — digo casualmente, enquanto tiro o casaco. Observo um bichinho de pelúcia em cima do travesseiro. Ele está fazendo uma cara engraçada para mim. Jogo o casaco sobre ele.

Charlie levanta a cabeça e olha para mim bem esquisito, esperando que eu fosse chorar ou algo do gênero.

— Sim, sim, Ruby. E a gente vai se mudar no fim do semestre.

— Então você quer terminar comigo? — Uma parte de mim custa a acreditar e outra parte já estava esperando por isso.

Ele balança a cabeça energicamente:

— Não disse isso.

— Bem, como vamos namorar se você vai morar num outro estado? Não tenho carro e é bem longe pra você vir de bicicleta.

Ele afunda a cabeça nas mãos:

— Não sei ainda. Mas a gente vai dar um jeito.

Deu um nó na garganta! Era justamente o tipo de coisa que Beth achava que podia acontecer.

— Acho que vou embora — digo, pegando o casaco. Não devia nem tê-lo tirado.

— Espere! Por quê?

— Porque, Charlie, não vou ficar gostando de você se você vai me dar as costas e se mudar. Isso seria uma estupidez.

— Ruby, não estou te entendendo. Ainda vou ficar aqui por alguns meses. E você quer acabar tudo assim agora? Achei que você gostava de mim de verdade.

Não digo nada e Charlie enlouquece. Fica furioso e chuta todas as coisas de arte que estão pelo caminho.

Não adianta, já estou indo embora. Pego a bicicleta e vou para o único lugar onde posso ir.

Capítulo 28

Chego na casa de Beth e estaciono a bicicleta na porta. Não sei por que, mas em vez de ir até a porta de trás como normalmente faço, toco a campainha como se fosse uma estranha. Não tenho certeza se sou bem-vinda.

A sra. Miller e Martha correm para a entrada. Estavam assistindo à TV na sala. Dá para escutar as risadas. Abrem a porta e ambas me cumprimentam com um riso amarelo.

— A Beth tá lá em cima?

— Ruby! Onde você estava?

— Ela tá lá em cima? — repito, dessa vez em voz baixa.

A sra. Miller franze a testa:

— Sim, querida, claro que está. Entre. — E então ela quebra a formalidade. — Terceira porta à esquerda, você sabe.

Subo bem devagar, parando para olhar os retratos de família pendurados na parede. Os Miller eram incrivelmente fotogênicos. E felizes. Estou em muitas dessas fotos: quando fui com eles esquiar no fim de semana, por exemplo. Está na cara que não sou da família, porque sou mais alta que todo mundo desde os últimos anos do ginásio, mais alta até que o pai dela, mas pareço tão feliz quanto eles. Estou um pouco triste agora.

As meninas estão cochichando no quarto de Beth. Colo o ouvido à porta, mas não decodifico nada além de ruídos. Martha veio atrás de mim, então tenho de bater à porta. Há murmúrios e um som suspeito. Em seguida, abro:

— Oi — digo, entrando e fechando a porta.

Todo mundo está surpreso de me ver. As meninas estão vestidas de preto. A sacola de ginástica de Katherine está aberta em cima da cama, cheia de tubos de creme de barbear.

— Ei, Ruby — diz Maria, amigavelmente. — Você conseguiu.

— Achei que não viria — Beth rosna.

— Bem, cheguei. — Tiro o casaco e largo a mochila num canto. — Mudei de ideia. Algum problema?

— Eu disse que você poderia fazer o que quisesse, lembra?

Katherine passa creme hidratante debaixo dos olhos.

— Ei, o que há com vocês duas? Eu é que deveria estar fora de mim aqui. — Ela dá risada e percebo que já esqueceu o episódio da biblioteca. Ou talvez esteja um pouco mais entretida com o fato de que está acontecendo algo entre mim e Beth.

— Não há nada — diz Beth. — Só fiquei surpresa. Não pensei que Ruby quisesse comemorar meu aniversário esse ano. — Vai até a penteadeira e fica arrumando uma série de coisinhas que para mim já estão mais do que arrumadas. — Você sabe o quanto estou ansiosa por esse fim de semana. E desde que você tá namorando parece que não se importa mais comigo.

— Eu acabei de terminar com ele. — Olho para baixo e perco a voz, mas me esforço para me controlar.

— Nossa! — Beth pensa por um segundo, depois me passa um lenço de papel.

— O que aconteceu? — pergunta Maria.

— Não tem a menor importância — digo, assoando o nariz.

— Que saco! — diz Katherine, com ternura.

Beth toma fôlego, bem profundamente, como faz antes de dar um sermão. Fecho os olhos e me seguro, mas tudo o que ela diz é "que chato".

Suas palavras me dão um nocaute. Com ou sem intenção, era o que eu estava precisando agora. Olho nos olhos dela e peço desculpas também.

Beth suaviza:

— Não se preocupe com isso agora — diz, abraçando-me. — Sério, não é nada. Estou contente de que você esteja aqui e porque está tudo bem entre a gente. Sabe que odeio quando a gente briga.

— Eu também — abraço-a bem forte.

— Você quer pôr minha malha preta? Você sabe, para não ser reconhecida.

— Sim, obrigada. — Vou até o enorme *closet* e dou uma olhada nas malhas dobradas. Tem um cardigã preto de angorá que eu adoro. Quando o puxo do armário, algumas outras peças caem. Ao pegá-las encontro uma caixa de sapatos na prateleira inferior.

Tem uma foto minha com a Beth colada na tampa. Estamos coradas, dentro de um iglu. Estou quase xeretando quando abrem a porta.

— Vamos logo com isso! Às oito horas começa *A hora do pesadelo* com Johnny Depp e não quero perder. — Beth me olha de um jeito estranho ao perceber que estou no chão.

Pego todas as blusas e me levanto.

— Eu derrubei.

— Não tem problema — ela coloca tudo no lugar.

Descemos as escadas e entramos no Volvo. Eu me prontifico a ficar no Banco Menstruado, em sinal de boa vontade. Katherine liga o rádio e acha uma banda que não conheço, mas a música tem uma linha de baixo fenomenal e eu estou me animando. Ou, pelo menos, tento me divertir um pouco na véspera de Halloween.

Katherine vai na frente e indica o caminho para Maria. Passamos por uma série de bangalôs ao lado do lago. Algumas pessoas já começaram a brincadeira porque um monte de coisas está pendurada nas casas e algumas abóboras foram jogadas no meio da rua.

Katherine mexe no para-brisa e Maria diminui a velocidade. O carro marrom de seu pai está estacionado debaixo de uma árvore. Nosso carro está a alguns passos dali, de farol desligado.

A rua está bem calma, exceto por umas poucas pessoas que se amontoam numa loja na esquina e dois garotos que estão jogando ovos um no outro.

— Bem. Aqui estamos.

Beth entrega a cada uma de nós um tubo de creme de barbear.

— Não se esqueçam de passar em todas as janelas e maçanetas. Quero que ninguém consiga dirigir esse carro. — Katherine agita o tubo e se cobre com o capuz do casaco. Nunca a vi tão contente! — Prontas?

Sim.

Katherine grita "Preparar... apontar...", mas quando fala "Fogo" já saiu do carro e a gente tem de correr atrás dela. Eu escolho a porta lateral do carro e lambuzo bem de creme de barbear. Beth está na traseira, cobrindo toda a janela. Maria está na outra lateral, fazendo a mesma coisa que eu. Katherine está passando com a mão o creme na janela da frente, ao mesmo tempo em que xinga sem parar.

Antes que eu dê por mim, estou morrendo de rir, porque não deixa de ser algo liberador. O pai de Katherine é um idiota. Ele merece. Estou superconcentrada, esguichando com toda a força. Tento espalhar com o dedo, mas fica muito esquisito, então eu fico fazendo círculos com o tubo.

Depois de um tempo acaba o creme. Não deu pra cobrir tudo o que eu queria, então espalho com a mão até que quase tudo fique coberto.

— Já terminei! — Beth sussurra.

— Eu também — diz Maria.

Limpo as mãos numas folhas de papel que estão em uma pilha aos meus pés e tiro umas fotos. O carro tá bem louco, um grande *marshmallow* com rodas.

Katherine dá uma volta ao redor do carro para verificar o estado dele. Não está satisfeita. Um grupo de quatro meninos passa por nós e caçoa, como se fosse trabalho de criança. Um deles diz que é hora de cair fora. Isso tem um grave efeito em Katherine.

— Ainda não tá bom — ela diz, com um olhar desesperado.

— Você está brincando! Ele vai ficar possesso — Beth ri.

Subitamente Katherine corre em direção aos bangalôs. Acho que o pai dela não mora lá, porque está tudo decorado para o Hallowen com lápides de papelão sobre o gramado e teias de aranha no portão, como uma família jeitosinha decoraria. Nós outras vamos para trás do carro, incertas do que fazer.

— O que ela tá fazendo? — murmura Maria.

— Não tenho ideia — digo e meto a cara dentro do cardigã emprestado. O ar cheira a mofo e menta, graças a tanto creme de barbear.

— A gente devia dar o fora antes que nos descubram — diz Beth.

Katherine sobe as escadas do bangalô e arrasta uma enorme abóbora escada abaixo. É superpesada para carregar — deve ter uns nove quilos —, mas assim que ela consegue, corre de volta para o carro a toda velocidade.

— Não, Katherine! — grita Beth.

Mas Katherine não escuta. Ela grita como uma guerreira enlouquecida. Quando se aproxima do carro do pai, lança a abóbora para o alto. Tento fazer uma foto. A abóbora cai bem em cima do para-brisa e o vidro estoura em pequenos pedacinhos que refletem a luz da rua.

— Ai, meu Deus! — Beth diz.

Maria deixa escapar a chave das mãos:

— Poxa, Katherine!

Algumas pessoas dirigem o olhar para nós. Outras gritam.

— Corre, corre, corre! — Katherine vai na frente e pega a chave no meio do caminho. Embora eu esteja morrendo de medo, consigo tirar mais duas fotos, torcendo pra ter enquadrado algo da loucura atrás de mim. Katherine se senta no banco do motorista, e nós nos esprememos no banco de trás. Ninguém apertou o cinto e a porta ainda está aberta, mas o motor está roncando. Saímos a toda e eu me esforço pra fechar a porta contra o vento.

Todas estamos em estado de choque, menos Katherine, que está dando risadinhas. Quer acender um cigarro. Não está prestando atenção na estrada.

— Katherine, isso não foi nada legal! — grita Maria.

— Corta essa! Foi o máximo!

— Que diabo! — digo. — Você quase nos ferrou.

Beth não diz nada. Ela só pula para o banco da frente.

Katherine não dá a mínima para as minhas repreensões.

— Por que justamente você não entende? Às vezes a gente tem que exigir algo das pessoas, senão elas vão dominar você pra sempre.

E por um breve segundo, Beth olha diretamente para mim pelo retrovisor.

▲

Capítulo 29

Não parava de cair neve na minha roupa, mas eu continuava sorrindo.

Beth e eu observávamos a mãe dela fora do iglu. Uma câmera estava impedindo a visão, mas dava para ver que sorria, orgulhosa, contando os segundos antes de baterem a foto.

Nós abrimos caminho em meio à neve com uma pá que o sr. Miller tinha achado na garagem. Beth e eu fizemos uma pequena família de neve para morar com a gente. A gente brincou a tarde toda.

Estava tão contente e orgulhosa do que fizemos, mas também estava congelando. Meus músculos estavam adormecidos. Eu tinha de parar de vez em quando para limpar o nariz. A roupa de frio que vestia estava curta e deixava à mostra o tornozelo e o pulso.

Mesmo depois de me divertir tanto, queria voltar para casa.

Tentei me esquentar um pouco com a luz do *flash* da câmera.

Como se estivesse programado para acontecer naquele momento, o carro de minha mãe soltou o freio. Talvez tenha sido o gelo, ou talvez ela tenha forçado um pouco, e quase bateu na caixa de correio dos Miller. Ela saiu do carro e correu para mim através de um caminho estreito que ia da calçada até o iglu, ainda estava vestida de enfermeira e sem casaco. Os cabelos despenteados.

— Isso não é ótimo? — A sra. Miller se referia ao trabalho na neve, ao iglu e aos bonecos. Ela disse à minha mãe que lhe daria cópias das fotos.

Minha mãe não disse nada, exceto: “Venha, Ruby, vamos embora”.

Eu estava me espremendo para passar pela entrada estreita do iglu, mas Beth ficou no meio do caminho.

— Mãe, a Ruby pode dormir em casa? Ou pelo menos jantar com a gente? — Beth perguntou para a sra. Miller.

Mas minha mãe respondeu antes:

— Desculpe, Beth, mas a Ruby tem de voltar agora para casa. — Em seguida, entrou no carro e ficou esperando por mim.

Tentei sair do iglu novamente, mas Beth me segurava pelo capuz da parca. Ela fez um muxoxo, mas eu disse que estava tudo bem, que eu a veria no dia seguinte. Minha mãe buzinou para eu me apressar. Beth finalmente me deu passagem.

Tremi o tempo todo até chegar em casa. Minha mãe disse que meus lábios estavam azuis. Reclamou que ninguém na escola a avisara de que as aulas estavam suspensas por causa da neve. E continuou dizendo que eu poderia ter realmente congelado lá dentro sem as roupas apropriadas. Suas mãos se retorciam na direção do carro.

Parecia que todo mundo já estava dormindo, e o caminhão do meu pai estava na entrada. Geralmente, ele estaria se ocupando de algo, como consertar uma torneira ou cobrir de gesso uma parede. Entretanto, não escutei nada naquela noite.

Minha mãe me ajudou a tirar as roupas molhadas e a vestir o pijama. Dividiu meu cabelo em duas partes e ajeitou o saco de dormir na frente da TV para que eu visse *Annie* bem quentinha.

▲

Capítulo 30

Acordei de repente e quase caí da cama de Beth. Devo ter tido falta de ar enquanto dormia, pois agora estava sem fôlego. Ponho a ponta do lençol na boca para não acordar todo mundo. Maria e Katherine estão esparramadas no chão com uma montanha de acolchoados. Passo por cima delas e saio do quarto o mais rápido e discretamente possível.

Chego bem na hora no banheiro. Estou tremendo e faço xixi aos pouquinhos. Assim que termino, me levanto e lavo as mãos com um sabonete cheiroso que a mãe de Beth sempre deixa ao lado da pia. As toalhas são macias e não velhas e esfarrapadas como as nossas. Nessa época, elas têm o motivo do Halloween: gatos pretos e espigas de milho. São muito bonitas para enxugar-se nelas.

Em seguida, apago as luzes. Mas, em vez de voltar ao quarto de Beth, me sento na banheira e tento me equilibrar. Será que se eu parasse de me mover poderia parar o tempo? Mas o sol está se levantando devagarinho e queimando as cortinas. É sábado, o último dia em que Jim ficará na cidade.

Mesmo que eu tenha tomado a decisão de não vê-lo, me sinto muito insegura.

Tento lembrar o que sonhei. Beth e eu construímos o iglu no dia em que ele saiu de casa. Nenhuma de nós tinha ideia do que estava para acontecer. Queria ter podido adivinhar.

É bem esquisito que Beth tenha escolhido a foto que tiramos aquele dia para colar na tampa da caixa de sapatos. Pode ser que tenha que ver com o fato de que a nossa amizade tenha se estreitado depois. Não sei.

Se soubesse o que vai acontecer amanhã... Se me arrependerei caso não veja Jim... Ou se sentirei a mesma dor de quando ele nos abandonou pela primeira vez...

Continuo sentada na banheira por pelo menos uma hora, até que o pai de Beth bate à porta. Ele precisa tomar um banho. Mesmo assim reluto em abrir, porque não sei o que fazer.

A sra. Miller preparou um ótimo café da manhã de aniversário. Tinha de tudo: *waffles*, ovos, *bacon*, batata frita com pimentão verde, *muffins* de amora feitos em casa. Ela até espremeu um suco de laranja. Todas nos sentamos na grande mesa de jantar, mais a mãe de Beth, o pai e a irmã Martha. Suzy mandou um buquê de flores da faculdade. Estão num vaso de cristal no centro da mesa.

Não me lembro direito quem teve a ideia, porque estou me servindo de ovos e não presto atenção, mas está todo mundo em volta contando histórias engraçadas de Beth.

O sr. Miller está contente de começar:

— Quando Beth nasceu, fiquei tão extasiado de ter de dar tantos telefonemas que tive dor no peito. Então voltei à sala de parto e pedi às enfermeiras para tirarem a minha pressão. Estava nas alturas! Quase tive palpitações.

— Você está sempre querendo roubar a cena! — A sra. Miller brinca, enquanto põe mais um *waffle* no prato do marido. Então é sua vez de contar uma história. Quando Beth nasceu, ela era tão careca que o médico não sabia se primeiro vinha a cabeça ou a bunda na hora do parto.

Todo mundo dá risada. Todo mundo, menos eu.

A conversa continua, mas não presto mais atenção. Até que todo mundo se volta para mim. É a minha vez.

Os olhos da sra. Miller estão brilhando, porque sei que ela tem uma série de histórias maravilhosas sobre Beth. No entanto, não é isso que eu estou pensando agora.

Dou de ombros:

— Tem tanta história!...

Todo mundo sorri educadamente, mas não me liberam. Maria chuta a minha perna debaixo da mesa e me olha meio estranho.

Então penso naquele dia de neve e no sonho que tive.

— Teve uma vez que eu e Beth construímos um iglu e a gente brincou o dia todo. Depois de algumas horas, a parca e as calças que ela me emprestou estavam superúmidas. Eu tinha de ir para casa, mas Beth não queria. Ela pediu à sra. Miller que preparasse chocolate quente e sopa e a gente ficou lá sentada, congelando, até quase a hora de dormir.

A sra. Miller vibra:

— Acho que tenho uma foto desse dia! Espere um pouco! — Ela sobe as escadas.

Beth enfia o garfo numa fatia de *waffle* lambuzada de geleia. Ela não está muito contente:

— Por que você pensou nisso?

— Não sei. Sonhei com isso a noite passada.

— Mesmo? — Parece que ela não está acreditando muito. Como se eu tivesse segundas intenções ou quisesse deixá-la chateada.

— Mesmo.

A sra. Miller volta dali a alguns minutos de mãos vazias.

— Eu me lembro de ter dado à sua mãe uma cópia daquela foto, Ruby, mas não encontrei a minha.

Beth não diz nada, muito embora saiba exatamente onde está. Na caixa, no seu quarto. E só de pensar nisso, ela está ficando muito chateada.

A mãe de Beth tira os óculos de gatinho e limpa as lentes com a ponta da camisa.

— Bem, eu tenho um monte de coisa pra fazer hoje. OK, garotas, quem de vocês vai buscar o bolo e quem vai me ajudar a preparar as balas puxa-puxa?

Depois de um dia cheio de preparativos para a festa, todo mundo se juntou de novo no quarto de Beth, para experimentar a fantasia e preparar o ponche. Tenho de admitir que está uma delícia. Beth misturou polpa de fruta congelada, folhas de menta, gelo, Sprite, vodca e framboesa. Tento não beber, mas não posso evitar.

Maria espalha um creme brilhante até a altura da coxa, pouco abaixo da saia de tenista. Ela está ótima com esse visual. Seu telefone toca, mas ela prefere que deixem uma mensagem na secretária eletrônica. Tocou o dia todo; todo mundo queria saber que horas começava a festa ou que bebida deveriam trazer. Ela decidiu parar de atender uma hora antes, para se maquiar. Aposto que estava tudo acertado para que Davey viesse.

Não sei direito qual é a fantasia de Katherine, porém acho que deve ser uma prostituta zumbi, porque ela está usando lingerie e meia arrastão e a maquiagem é bem pálida. Ela está apoiada no parapeito da janela, baforando o cigarro. Equilibra um espelho no joelho e delineia o lápis preto com a outra mão.

Beth está perdendo a cena. Ela preferiu se vestir no quarto da mãe para que a gente não visse sua fantasia.

Ainda estou de jeans e camiseta; a fantasia está dentro da mochila pelo chão. Não estou com muita vontade de me vestir. Então, telefono para casa.

— Alguém me ligou?

— Não, Ruby. — Minha mãe parece deprimida. Deve ser por causa da nossa última conversa. — Tem algo errado? Você quer vir para casa?

— Não... — digo, mas na verdade quero. Na verdade, estava esperando que Charlie tivesse me ligado. Mas por que ele ligaria? Não dei muita chance pra ele. Ele vai se mudar e deixei bem claro que estava tudo acabado. Vou ter de aceitar e superar isso. Afinal de contas, a gente se conheceu há uma semana. Ele já deve ter se esquecido de mim.

Bem naquele momento batem à porta. É Beth:

— Estão prontas para ver a minha fantasia?

— Sim — respondem Katherine e Maria em uníssono. Desligo bem rápido e tomo outro gole antes de ela abrir a porta.

A Beth transformou aquele vestido preto sem graça da Goodwill em um traje dos anos 1920. Tem uma franja e contas bem femininas. Ela pôs uma peruca de cabelo loiro curto e um elástico preto com paetê na testa. Tira uma garrafinha prateada do cinto e toma um gole da bebida.

— Ai, meu Deus, você está linda! Nem tô acreditando — vibra Maria.

— Verdade, tá uma gata — Katherine comenta, espalhando cinza de cigarro pelo carpete.

— Uau!! — é o máximo que consigo dizer.

— Quando você vai se vestir? — ela me pergunta.

— Agora — roubo-lhe a garrafinha.

As garotas estão alvoroçadas enquanto eu me dispo no canto do quarto e continuo bebericando. Quase caio, quando levanto as meias até a altura do joelho.

— Bonita lingerie! — Katherine berra.

Todo mundo acha linda a minha fantasia. Mas eu não tô curtindo. Tá meio apertada e não estou nada confortável. Não deveria ter escolhido essa aqui.

Beth penteia meu cabelo, me empresta sua boina e põe blush cor-de-rosa no meu rosto. Aí, repara nos distintivos.

— Nossa! O que é isso? Não se parecem com distintivos de bandeirante. — Examina-os de perto.

— E não são.

— E o que são? — Aponta para um coberto de gotas pretas.

— São distintivos de Rorschach.

Levanta a sobrancelha:

— O quê?

— São esses bótons estúpidos que te dão quando você tá fazendo terapia e que dizem como você tá sentindo.

— E este aqui, com estas coisas embaralhadas?

— É um porta-retrato quebrado. Um bóton de família desmantelada.

Beth faz uma careta. Ela não entende. De algum modo, gosto desses distintivos. Tenho orgulho deles. Parece que foram feitos na medida para mim.

Tocam a campainha, e todas corremos até a janela de Beth para ver quem é. É um bando de garotos que fazem teatro, vestidos como personagens de Shakespeare. Alguns têm perucas empoadas.

Está começando a festa.

Capítulo 31

A festa é um supersucesso! Mais ou menos 50 pessoas aparecem fantasiadas, e dançam, e bebem, e se divertem. Claro que alguns vêm com máscaras de super-heróis. No entanto, a maioria foi criativa. Parece coisa de cinema, mas é real. Dou algumas voltas e tiro umas fotos, mas na maior parte do tempo estou segurando a câmera para que ninguém puxe papo comigo.

As horas voam. A cada hora que passa, fico cada vez mais ansiosa com relação a Jim. Pensei que Beth ficaria nervosa ou baqueada, mas não parece estar pensando nisso. Só quer curtir a festa. Diz "oi" pra todo mundo, abre presentinhos e põe boa música pra tocar. Toda vez que a vejo, ela está bebericando. Está sempre do outro lado da garagem; parece proposital. E desde de manhã está meio esquisita comigo. Às vezes, ela some no meio da multidão.

Maria também não está conversando comigo. O Davey apareceu, fantasiado de múmia. Acho que eles vão assumir o namoro, porque a cara dele está meio branca de múmia e meio vermelha de batom. Queria estar feliz por Maria, mas não consigo. Sei que é meio louco, mas estou quase com ódio dela.

Em compensação, Katherine não sai da minha aba. Fica andando atrás de mim, se encostando e sussurrando insultos, como o quanto está ridículo um carinha da classe de história — a fantasia dele é de Zorro —, e que algumas veteranas, usando peruca de Cachinhos Dourados, estavam se oferecendo para os meninos quando dançavam. É superchato isso...

— Dá para parar? — pergunto, levando o copo à boca.

Ela recua, profundamente magoada.

— Por que você está brava comigo? A gente não foi presa nem nada. Com certeza, meu pai não chamou a polícia. Então, qual é o problema? Pensa que quero roubar sua melhor amiga?

— Você está louca! — Por que Katherine se importaria com o que eu penso ou não?

— Sabe o que é? Eu acho que você me odeia.

Termino de beber:

— Isso não é verdade.

— Então, prove. Vamos fumar um cigarro. — Katherine me dá um cutucão brincalhão.

— Eu não fumo.

— Cala a boca. — E me estende o pacote de cigarros.

Não dá para não pensar em Jim, o fumante. Com certeza, deve estar fumando charuto nesse momento e olhando as horas passarem, como eu. Então, pego um e mordo o filtro, como uma menina malvada. E saímos pela porta noite adentro.

Katherine tenta acender o isqueiro e, quando consegue, cuidadosamente aproxima a chama do meu rosto. Esquenta meu nariz.

— Vá devagar — diz.

Acende o dela, traga e exala uma longa e contínua baforada antes mesmo que eu consiga trocar o cigarro da mão direita para a esquerda. É um pouco estranho.

Trago bem de leve e seguro na boca. Sinto algo travando a garganta e tusso como uma idiota. Katherine não tira sarro de mim, o que é surpreendente. Em vez disso, diz:

— Todo mundo sente isso na primeira vez.

Dou outra tragada e rapidamente exalo para o alto.

— Você gosta mesmo de fumar? — pergunto.

— Não. — Ela dá outra longa tragada.

— Jim fuma.

— Meu pai também. Ele é um idiota.

— Jim também.

Ela respira fundo, sem o cigarro nos lábios, e levanta a cabeça para o céu.

— Mas estou meio mal por ter zoado com o carro dele.

— Verdade? — Estou surpresa.

Katherine ri:

— Por que é difícil de acreditar em mim? Acho que já te pedi desculpas um milhão de vezes desde que a gente se conheceu. — Para e dá uma longa tragada. — Mas gosto de ser impulsiva. Às vezes, você simplesmente tem de agir ou dizer o que lhe vem à cabeça, sem se importar com quem vai ficar chateado. — Vira-se para a garagem, controlando se alguém se aproxima. — As fotos de ontem saíram boas?

— Sim, normais.

— Me dá uma?

— Claro. Você pode ficar com todas, se quiser.

Não falamos mais nada até terminarmos o cigarro. Desisto de fumar. Somente observo as cinzas caírem no chão.

— Sobreviveu ao primeiro cigarro — Katherine me diz. — Agora você merece um bóton de fumante. Ela atira a ponta do cigarro para longe. — Assim, ó! — E me explica como se faz com os dedos.

Tento repetir o movimento, mas acaba que a ponta bate na minha camisa e cai para o lado.

Katherine ri:

— Muito fraco.

— Que se dane.

— Então, tá tudo bem entre a gente?

Concordo com a cabeça.

Estou meio mal da garganta, então vou procurar um copo d'água. A mãe da Beth está à janela da cozinha, xeretando pela cortina. Eu me aproximo e tento manter a sobriedade. Espero não estar cheirando a cigarro.

— Está todo mundo se divertindo, Ruby? — ela me pergunta.

— Sim. É bem divertido.

— E Beth? Tá se divertindo?

— Claro que está.

— Fico contente. — A sra. Miller solta a cortina. — Está tudo bem com ela ultimamente?

— Acho que sim, por quê?

— Por nada. Acho que ela está chateada com alguma coisa. Ela tem ficado muito tempo no quarto, bem, estava preparando a fantasia, claro, mas... não sei. Tem alguma coisa estranha, entende?

Dou de ombros, porque realmente não sei o que dizer.

Ela balança a cabeça e muda de assunto:

— Ruby, você deve estar congelando lá fora sem um casaco. Você não deixou o seu em cima da cama da Beth?

— Não estou com frio. Tá todo mundo dançando. — Então, penso na caixa de sapatos que está no quarto dela. Quero saber o que tem dentro. — Mas acho bom eu ir buscar, se por acaso eu sair da garagem.

É estranho entrar no quarto de Beth quando ela não está. É meio obsceno e incorreto, mas isso não me impede de entrar no *closet* e procurar a caixa nas prateleiras. Não está mais lá!

Ela sabia que eu iria procurar.

Não demorou muito para eu revirar o quarto. Olho debaixo do colchão e dentro das gavetas. Todo o tempo sei que é terrível o que estou fazendo, e vou ter de me explicar depois, mas não paro. Quando chuto a lata de lixo, percebo a caixa debaixo de um monte de papel sujo de maquiagem e pedaços de pano.

Estou tremendo. Abro e acho a carta do meu pai bem em cima. E depois uma série de lembranças de Beth: como os colares de plástico que ganhamos na Red Lobster, uma carta romântica de Pete Southern, um poema que ela escreveu para o jornalzinho da escola e o ingresso de um show em Cleveland. E então vejo algo inesperado.

Uma chave.

É da minha casa velha.

Capítulo 32

Quando volto para a festa, estou tremendo tanto que meus dentes estão batendo um no outro.

Todo mundo está cantando "Feliz Aniversário", em volta de Beth, como se ela fosse uma celebridade. Está todo mundo bêbado, principalmente a aniversariante. Está tombando de um lado para o outro, entre Maria e Katherine.

Estou chocada que começaram sem mim. É como se Beth não tivesse percebido a minha falta. Não abro a boca para cantar, é uma forma de protesto. Terminam o "Feliz Aniversário" e Beth assopra as velinhas, e todo mundo aplaude antes de voltar para a pista de dança. Assim que a multidão se dispersa, Beth olha para mim e em seguida para o relógio. É quase meia-noite. Arruma a peruca e faz um muxoxo com a boca.

Vou para a frente e lhe dou um presente.

— Feliz aniversário!

Ela aceita, um tanto apreensiva.

— Obrigada.

— Abra.

Ela o faz. Gentil e vagarosamente, como se o papel de presente fosse caro e não a página de quadrinhos do jornal do domingo passado. Bem, dá para ver que ela está impressionada. Ela folheia o *flip book* com as fotos da Polaroid e me vê sorrindo amplo e depois normalmente. Ela está contente e satisfeita, uma prova da nossa amizade, pois dei exatamente o que ela queria. Fico mal, porque, de verdade, ela não merece.

— Isso é superlegal. Sério! É justamente o que eu queria.

Quando ela volta os olhos para mim, muda de expressão. Está tensa. Estou segurando a chave dourada bem na sua cara.

Beth enrubesce. Tenta me trazer para longe dos convidados, para um canto quase vazio, mas ela tropeça e vai de um lado para o outro. Bato com o salto do sapato no chão fazendo barulho, porque, a essa altura, quero esclarecer tudo e não me importo com quem está olhando. Mas ela consegue me arrastar para trás da porta, perto da geladeira.

— Passei a semana toda pensando que fosse impossível você esconder isso de mim — esfrego a carta no nariz dela.

Ela a puxa para si e quase rasga. Está boquiaberta:

— Você foi fuçar nas minhas coisas!?

— Não teria feito isso se não tivesse escondido a caixa de propósito.

Ela balança a cabeça, sem acreditar no que está acontecendo.

— Era uma caixa com lembranças minhas. Você não tinha o direito de mexer nela!

Minhas mãos caem ao lado do meu corpo, mas só por um instante. Não acredito que ela está distorcendo os fatos.

— Ah é? A sua caixa com uma foto minha no dia em que meu pai me abandonou? Que lembrança mais agradável da sua vida!

— Me desculpe se eu me preocupo com você, tá bom? Me desculpe se não quero que você se magoe — provoca.

— Ai, por favor. Você adora me dizer o que fazer. Você faz isso com todo mundo. Você diz a Katherine para passar por cima das diferenças com o pai dela. Você diz a Maria para terminar com o Davey. Você acha que pode andar por aí mandando em todo mundo. Bem, não quero mais que se intrometa na minha vida.

— Tá certo, Ruby. Você acha que eu fiz por maldade. Só estava tentando te ajudar, levantando o seu moral e dando conselhos quando você me pedia. Por acaso, fui eu quem pedi para entrar nessa história familiar? Não. Foi divertido ficar te apoiando todo esse tempo? Acho que não. — Vira os olhos. — Sim, eu sou um monstro. Ora, me dá um tempo.

— É isso o que você chama de conselho? — As palavras vêm fácil e são duras como um golpe. — Você quer dizer "Faça o que eu digo, senão..." Porque foi mais ou menos isso o que você me disse na biblioteca. — Trago as mãos fechadas. — Você não tem nada que me dizer o que fazer. A vida é minha. Se eu quiser ver meu pai, você não pode me impedir! — Juro por Deus que vou socá-la se ela tentar me interromper.

Beth suspira. Então, ela se inclina e tenta pôr os braços em volta de mim. Ela não está nem um pouco com medo. Os olhos se estreitam.

— Se você quisesse realmente ver Jim, Ruby, já que você já sabia da carta, por que não foi? Você precisa da minha permissão pra isso?

Dou um passo para trás, abro as mãos e me encosto na parede. Alguns casais na pista de dança repararam na nossa briga e estavam nos observando.

— Sei que não preciso da sua permissão. Estava esperando que você me esclarecesse tudo! Achei que fosse minha amiga e que me contaria a verdade! E o que eu ganhei com isso? Meu pai já deve ter ido embora! E nunca mais o verei. — Começo a chorar, bem ali.

— Pare de me fazer parecer uma amiga ruim. — Beth grita bem na minha cara molhada. Tira a faixa do cabelo e joga-a no chão. — Tenho um bom motivo para não ter te contado!

Enxugo as lágrimas e fixo o olhar nela tão firmemente que é possível que ela arda em chamas. Beth é a pessoa mais insensível e autocentrada da face da Terra. Como eu não tinha percebido isso antes?

— Tá certo. Conheço todos os seus motivos: você odeia meu pai. Ele é um canalha. Ele abandonou a mim e a minha mãe. Já entendi. Mas ele é meu pai. Não é só o Jim. É meu pai!

Beth está tão frustrada. Está praticamente pulando para cima e para baixo. Solta um grande grito de exasperação:

— Não! Não é isso! Queria que fosse assim, para seu próprio bem.

— Então o que é? Me explica. E me diga por que você tem a chave da casa velha. Porque isso é bizarro.

Beth está quase gritando de novo, mas se controla. Percebe que está todo mundo em volta olhando. Alguém desliga o som.

Maria corre para nós, arrastando o Davey:

— O que está acontecendo?

Katherine vem atrás. Toma a carta da minha mão e lê rapidamente. Estou muito tonta para impedi-la.

Beth está pálida como um fantasma.

— Peguei a sua mãe com outro cara naquele dia em que a gente construiu o iglu. Não queria que você soubesse, então tomei a sua chave. E a partir de então mantive segredo, porque, afinal, tudo o que aconteceu foi culpa da sua mãe. — Ela se inclina para pegar a faixa do cabelo e pendurar na maçaneta da porta.

— Cala a boca! — Parece que alguém colocou um travesseiro na minha cara de tanta falta de ar que tenho. Dou um passo para trás. E mais outro.

Maria solta a mão de Davey e me alcança:

— Ruby, espera. Não vá.

Katherine afasta Maria de mim. Ela dobra a carta e me entrega. Beth vira de costas. Eu saio correndo.

▲

Capítulo 33

Beth tinha ido ao médico.

Observava da janela da classe o pátio, aos poucos, se esbranquiçando de neve. Antes do fim da aula, o diretor fez um pronunciamento pelo alto-falante anunciando que fecharia a escola mais cedo. Fiquei surpresa porque ainda dava para ver trechos de concreto embaixo de árvores e bancos. Entretanto, os flocos grandes, brancos e grossos não davam sinal de que cessariam, como dizia a previsão do tempo.

Quando voltei para casa, Beth estava de parca rosa, tremendo embaixo do carvalho. Ela escutou no rádio do carro a previsão do tempo e veio se encontrar comigo em casa, para que fizéssemos um boneco de neve e um iglu. Mas minha mãe ainda não havia voltado do trabalho, foi o que ela disse. Então ela me convidou para ir à casa dela.

Queria pôr roupas e botas apropriadas para neve, mas Beth me puxava com força e insistia em que eu poderia pegar emprestadas as suas. Eu disse que não, que era mais alta que ela, mais alta até que Suzy. Que não ia demorar nada pra me vestir, mas quando levantei a pedra em busca da chave reserva, não estava mais lá.

— Que estranho! — disse, porque aquilo nunca tinha acontecido. Fiquei de joelhos, derretendo um pouco da neve embaixo das mãos, a fim de verificar se a chave estava em algum lugar próximo.

— Vamos! — Beth me disse e me puxou pelo colarinho tão forte que quase caí para a frente.

— Tá certo, tá certo.

Enquanto nos aproximávamos do fim da rua, o caminhão de meu pai virou a esquina. Ele diminuiu a velocidade e eu acenei para ele, sorrindo. Disse-lhe que a mãe não estava em casa e que eu iria para a casa da Beth. Também disse que a chave tava perdida.

— É mesmo? — E olhou para a casa escura e vazia.

Eu me voltei para Beth para ela confirmar a história. Ela estava com uma cara bem esquisita, pedindo desculpas a meu pai. Será que ela sabia que alguma coisa terrível estava para acontecer?

Entretanto, em vez de impedir meu pai de entrar em casa, Beth começou a correr sem parar em direção à esquina.

Capítulo 34

Andar de bicicleta pode ser perigoso se você está chorando. Os pés escorregam dos pedais e estou dirigindo meio torto pelo meio da rua. O pneu dianteiro esbarra em um buraco e eu perco o equilíbrio. Encosto-me num carro estacionado e quase caio, mas consigo me equilibrar antes de atingir o chão. O cachecol se enrosca nas rodas, trazendo junto um rastro de óleo.

Decidi não ir direto para o Holiday Inn, mesmo porque ele já deve ter deixado o hotel. Talvez eu esteja com medo, mas tenho de fazer uma escala primeiro. Tenho que conversar com minha mãe.

Ela está no quarto. Dá para adivinhar pela luz da TV que se vê pela cortina. Entro pela porta dos fundos e a vejo.

— Ruby? — pergunta.

Empurro a porta do quarto com o pé. Está deitada debaixo das cobertas, os cabelos enrolados numa toalha. Não dá para ver a TV de onde estou, mas pela música com violinos deve ser um filme romântico idiota.

— Ruby? Você está bem? — Olha para baixo — O que aconteceu com a sua perna? Está sangrando! — Mas em vez de pular da cama e correr para mim, como uma boa enfermeira, ela puxa as cobertas, como se estivesse com medo.

— Tem algo que você queira me dizer, mãe?

Ela me olha estranho:

— O quê, por exemplo? O que quer dizer?

Encosto no batente da porta, tentando parecer calma e casual.

— OK. Vou refazer a pergunta. Tem algo que você acha que deva me dizer? — Observo-a e espero pela resposta, talvez ela se contorça na cama ou fique mais ansiosa.

Mas não. Minha mãe tateia por cima do cobertor, procurando o controle remoto. Abaixa o volume, mas deixa ligada a TV.

— Parece que você já descobriu.

Seu comportamento calmo está me enchendo o saco. Ela não deveria ter vergonha? Se entristecer? Se desculpar?

— Que você é uma mentirosa, sim, já sei. Sei tudo sobre você. — Minha voz treme. — E sei que foi sua culpa que o pai nos deixou.

Minha mãe nega com a cabeça:

— Não foi minha culpa — diz rápida e confiantemente.

Coço o pescoço, que está vermelho e ferido. Achei que ela baixaria a guarda e que, enfim, me contaria as coisas, mas ela parece estranhamente preparada para a conversa.

— Por que você está tentando se defender? A Beth te viu com outro cara! Ela pegou a chave reserva e viu tudo. E se, honestamente, você não se achasse culpada, teria me contado tudo há muito tempo.

— Não achei que fosse entender. Achei que me julgaria. — Ela volta a cabeça para trás e esfrega os olhos. — E é exatamente isso o que você está fazendo agora.

— O que quer que eu pense, mãe? — Bato os pés no chão. A coleção de pequenos frascos de perfume balança compondo uma música.

— Deixei-a fora disso porque não tem nada a ver com você.

— Tem tudo a ver comigo! Você mandou o papai embora! E fez com que eu sentisse pena de você. Todas as vezes que você parecia triste e sozinha foram uma mentira, era um modo de me manipular. Mas não vou deixar isso acontecer de novo!

— Nunca tentei te manipular.

— Você sabe, o pai está na cidade hoje. No Holiday Inn. Ele tá hospedado lá desde o dia do meu aniversário. Ele me mandou uma carta e uma caixa cheia de fotos e outras coisas. Para que eu fosse encontrá-lo. Mas eu não fui, porque não iria perdoá-lo por ter-nos abandonado. Só agora eu sei que a culpa é sua. Foi você quem me impediu de ter um relacionamento com meu pai! Você acabou com tudo! — Viro as costas para ela. — Eu odeio você! — Não estou nem um pouco arrependida de dizer isso.

Ela tenta se explicar, mas agora que já lhe disse o que queria, eu quero é ficar bem longe dela.

Capítulo 35

O painel iluminado do Holiday Inn apaga as estrelas do céu sobre ele. É tão brilhante e magnético. Minhas pernas pedalam como uma máquina na direção do hotel. Viro a esquina e pego uma subida. Tenho de pedalar com a bunda levantada. A boina branca de Beth cai da minha cabeça no meio da rua. Nem mesmo penso em recuperá-la.

Eu me aproximo do estacionamento do hotel, suando e quase sem conseguir respirar. Atiro a bicicleta em um dos arbustos na entrada e corro para o *lobby*.

Está muito mais calmo do que da outra vez que vim. Parte por conta da música ambiente que não se ouve mais. O *lobby* está vazio e a luz é fraca.

Tem um jovem na recepção. Não parece tão educado quanto o senhor que estava lá antes, durante o dia. Ele tem um *piercing* no nariz e um cavanhaque mal aparado. A gola da camisa não está abotoada e o nó da gravata está afrouxado. Lê uma revista de motos e tem um sanduíche no canto do balcão. Ele não me vê; está pegando umas batatas fritas enquanto corro direto até o pé da escada.

O carpete do quarto andar é cor de trigo. Passo pelo corredor quarto por quarto. Cada um deles tem uma janela enorme voltada para o centro do hotel com cortinas grossas que impedem a passagem da luz. Parece que todo mundo está dormindo. Minha coragem pinga em gotinhas até meus pés. E se eu não conseguir acordá-lo? Deveria ficar esperando no corredor até de manhã? Ou deveria insistir até que ele abrisse a porta? O quanto quero isso realmente? E se ele já tiver ido embora?

Paro a alguns passos do quarto dele. As cortinas estão abertas. Dá para ver o abajur aceso e escutar a TV. Olho para o parapeito do *lobby* e sinto vertigens quase a ponto de me ajoelhar.

Quando me viro, vejo meu pai dentro do quarto, fazendo a mala em cima da cama desarrumada. Como nos velhos tempos.

Ele me encontra, uma bandeirante no corredor. Por um momento, penso que ele não me reconhece. Mas ele deixa de lado a malha que estava dobrando para abrir a porta.

— Oi — digo, o bóton está tiritando.

Ele dá um sorriso tímido, como se não soubesse reagir ao nosso primeiro encontro e segura a porta aberta. Entro e me sento numa cadeira cheia de coisas. O quarto cheira a fumo e dá vontade de tossir. O cinzeiro está abarrotado de pontas de charuto e cinzas. Ele se senta na ponta da cama.

O silêncio torna o ar do quarto mais pesado e difícil de respirar. Observo-o atentamente, sem me prender a detalhes para que não cruzemos olhares. São pequenas lembranças — a camisa de flanela, uma meia branca canelada, a barba malfeita, um sinal no pescoço, uns pelos saindo do ouvido. Estamos tecendo considerações. Queria saber o que ele está observando em mim.

— Posso ir ao banheiro? — pergunto e me levanto rápido da cadeira.

— Claro, claro. — Ele vai até lá e joga suas coisas em cima de uma toalha, coisas como gilete e pasta de dente. Em seguida, dobra a toalha como uma trouxa. — Acho que não tem nenhuma toalha limpa, mas posso pedir uma na recepção.

— Não precisa.

Entro, fecho a porta e me olho no espelho. Estou um lixo. A maquiagem dos olhos está toda borrada. O canto da boca está manchado de ponche. Lavo o rosto e as mãos. Não há mesmo nenhuma toalha limpa; todas estão pelo chão. Uso papel higiênico para me secar e limpar a ferida. Tento encurtar a saia, mas fica estranho, cheia de dobras, e não há mesmo muito jeito de melhorar a aparência. Uso um tiquinho de líquido para limpeza bucal que sobrou em um frasco. O que é mesmo que vou dizer para ele? Ou o que será que ele vai me dizer? Então percebo uma folha de jornal no chão do banheiro: propaganda de ferramentas. Muito esquisito tudo aquilo. Em seguida, abro a porta, mas ainda estou completamente despreparada.

Ele tinha voltado a arrumar a mala, mas interrompe assim que eu me sento de novo. Acende um charuto. Penso em pedir para não fumar, mas não tenho coragem. Ele dá uma grande tragada, então digo:

— Me desculpe. Esperei até hoje para vir aqui.

Pensei em explicar que quase não pude ler a carta, mas era algo muito complicado de esclarecer a essa altura.

Abre a boca e solta fumaça:

— Não tem problema, Rubes. Antes tarde do que nunca, não é?

Concordo com a cabeça, mas não tenho muita certeza. Espero que sim.

— Pensei em telefonar pra você nos últimos tempos — continua. Fico pensando se os "últimos tempos" são seis anos, três, um, alguns meses... —, mas é o tipo da coisa que não funciona por telefone. Você não tem ideia do que dizer.

— Ainda não sei o que lhe dizer — admito.

Balança a cabeça:

— Nunca fui bom nessas coisas. Sentimentos e coisas assim.

— Nem eu — dou uma risadinha. Ele também dá. São bem parecidas as risadas. Contidas e nervosas. Minha mãe sempre tenta lutar contra esse nervosismo, dizendo que está tudo bem. É muito cansativo jogar o jogo dela. Mas meu pai e eu sabemos que é estranho, é um alívio, eu acho.

— Por que você está aqui? — pergunto.

Ele sorri timidamente e alcança o cinzeiro que estava balançando com os pés.

— Quando estava passando por Ohio, pensei que era "agora ou nunca". Então, saí do carro, consultei a lista telefônica no Dodie e descobri vocês. — Os olhos vão para o chão. — Desculpe se estraguei sua festa. Eu me senti muito mal com isso.

— Tudo bem, pai.

— Você recebeu a caixa?

Ele me olha com muita expectativa. Do mesmo modo como me olhava ao me oferecer flores.

— Sim. — Não sei mais o que dizer. Era só um monte de tranqueira.

Ele sorri:

— Bom. Acho que dá para aprender um bocado de coisas sobre uma pessoa analisando o que ela guarda na gaveta.

Tudo o que tenho na gaveta são roupas íntimas. O que será que elas revelam sobre mim?

— Achei que você e a mãe eram jovens nas fotos.

— E éramos. Isso é metade do problema.

— Isso e a traição — digo. Ele me olha surpreso. — Descobri isso hoje à noite, pai. Se tivesse sabido antes, teria vindo te procurar mais cedo. Pensei que o divórcio e tudo o mais fossem culpa sua. Mas agora entendo por que foi embora.

Achei que ele ficaria mais contente, mas não sorriu. Olhou-me de um jeito engraçado, como se eu não entendesse.

— Não pude perdoá-la, Ruby. Eu desisti de muita coisa para ficar com ela e no fim ela me fez aquilo. — Suas palavras feriam. Acho que estou com uma cara um pouco confusa, porque ele joga o peso do corpo de um lado para o outro, limpa a garganta e começa tudo outra vez como se eu não estivesse entendendo nada: — Não estava preparado quando sua mãe falou da gravidez; não estava preparado para comprar uma casa, nem para ser seu pai, mesmo depois de dez anos juntos. — Amassa a ponta do charuto no cinzeiro. — Precisava acabar com tudo. Nós dois precisávamos.

Estou muito tensa. Ele está falando como se só fossem ele e a mãe. Mas havia outra pessoa envolvida.

— Eu também queria ter acabado com tudo. As coisas foram horríveis para mim. Não sei o quanto você sabe ou não, mas foi horrível.

Olhamo-nos por um bom tempo, como se disputássemos algo e ninguém quisesse perder. De repente ele se levanta e eu faço o mesmo.

Em vez de me abraçar ou outro gesto mais paternal, fecha as malas e ambos saímos do quarto de hotel.

— Estou muito feliz que você está aqui — diz.

Corro um pouquinho para alcançá-lo.

— Verdade?

— Sim, verdade — diz, como se fosse óbvio para mim. — Teria me sentido muito mal se não tivesse vindo.

Meu rosto se enrijece. De novo, há um tom benemérito na sua voz.

— Bem, o que você fez durante a semana? Foi visitar algum velho amigo?

— Não conheço ninguém aqui, Ruby. Esse não é o meu lar.

— E onde é, então?

— Fui transferido para um outro parque em Maine. Vou monitorar uma reserva distante no Parque Nacional Acádia. Vou ter de viajar uma noite e um dia, e já começo na segunda. — Olha de novo para mim. — Não fosse por isso, amanhã poderíamos passar o dia juntos.

— Ah, mas você não se sente sozinho?

— Eu gosto. Gosto de ficar sozinho.

— Você é assim? — pergunto, estreitando os olhos.

— Sim. E você?

— Eu não sou assim — digo devagar, muito embora eu passe muito tempo sozinha. Tão só que é difícil de aguentar.

Sigo-o silenciosamente pelo estacionamento e vejo-o colocar suas coisas no caminhão, de novo. E aí começo a chorar.

Meu pai tenta me abraçar, mas com um só braço. Choro mais.

— A gente poderia escrever e-mails, mas não tenho computador — ele coça a barba. — Posso te escrever quando chegar lá, mas nos primeiros meses vou estar muito ocupado, tentando me estabelecer e tal.

Meu nariz está escorrendo, mas não ligo. Não esperava que tudo fosse terminar assim. Não mesmo.

— Por favor, pare de chorar — diz, brandamente. — Não foi um encontro legal?

Observo ao redor do estacionamento. Não convivemos nada em seis anos. E depois de quinze minutos de conversa, ele espera que sejamos íntimos?

— Não muito, pai. Quero dizer... sei lá.

Procura uns trocados no bolso.

— Lembre-se: fiquei esperando por você uma semana. Não precisava ser tão corrido.

Suas palavras ficam soltas no ar. Ele quer assim, sem nenhum esforço. Mas foi muito difícil para mim vir até aqui. E tudo o que ele fez foi pegar um desvio na estrada.

— O que é que você quer? Uma medalha? — Parei de chorar e falo com raiva. Não consigo olhar para ele.

— Não, não quero uma medalha. Só achei que as coisas seriam diferentes, agora que está maior. Pensei que entenderia.

— Entender o quê?

— A mim. Que eu não estava preparado para ser pai.

Tudo o que estou entendendo é que ele se aproveitou do erro de minha mãe para se eximir da responsabilidade. Ela errou em traí-lo, mas o que ele fez também não foi certo.

— E agora você está? — Sou toda emoção. — Foi por isso que veio? Você quer ser meu pai agora?

Ele clama por simpatia.

— Não sei. Ainda estou tentando achar uma resposta. — Mas é como se eu já soubesse a resposta, porque ele se senta no banco do motorista, fecha a porta e abaixa o vidro da janela. — Vou te escrever. Vou pensar em algo para te escrever.

É isso. É tudo o que consegui.

— Espera, pai — enxugo as lágrimas na manga da camisa e procuro a câmera dentro da mochila. Em seguida, inclino-me no caminhão e tento enquadrar nós dois. Aperto o botão, mas não funciona.

— Deixe-me dar uma olhada — diz, abrindo totalmente a janela e pegando a Polaroid da minha mão. — Tinha uma igual e sempre acontecia isso. — Abre a parte da frente e mexe em algo lá dentro. — Você gosta de tirar fotos?

— Acho que sim.

— Eu também. Andei documentando alguns acidentes com árvores no trabalho. — Fecha a máquina. — Tente de novo.

Tento. E funciona.

— Rubes, pelo menos pense que eu tentei, tá?

E em seguida fecha a janela do carro e dá a partida.

Começo a pedalar sem destino. Não tenho nenhuma resposta, não fechei nenhum ciclo. Na verdade, está tudo aberto. Bem aberto e vazio. Antes que me dê conta, vou em direção a minha velha casa.

É um pouco tarde para haver qualquer resto da noite de Halloween. Pedalo abruptamente pelo meio da rua. Viro à esquerda e depois à direita.

Um som de baixo cresce à distância. Festa na casa de Teddy. À medida que me aproximo, a música soa mais alto. Vejo a sombra das pessoas nas janelas, trombando umas nas outras. Tem alguém na entrada, sentado no muro de pedra, jogando pedrinhas na rua. Ele está usando uma grande caixa quadrada. Fez buracos para os braços e pernas e pintou de modo que parecesse uma caixa de biscoito. O par perfeito para uma bandeirante que vende doces.

— Ei, Ruby!!

Mas passo por Charlie. Vou estacionar na frente da minha antiga casa.

Está tão bonita, tão bem cuidada. Procuro pelo carvalho. Tem uma casinha de madeira em cima dos galhos.

— Ruby! — Charlie continua a me chamar. Está andando superengraçado dentro da fantasia.

Eu desço da bicicleta e subo por uma escada de corda até a casinha no topo da árvore. Conforme vou sumindo entre os galhos, choro mais.

— O que você está fazendo? — grita lá de baixo.

Passo pela fronha que serve de porta e falo para ele ir embora.

Mas ele não vai. Está me seguindo.

A casinha de madeira é escura, sombria e bem apertada. Tenho de me esforçar para não bater a cabeça no teto. Tem uma pilha de gravetos e folhas no canto, alguns soldadinhos do exército alinhados na janela e um revólver de brinquedo.

— O que aconteceu? — Charlie me pergunta, enquanto sobe na árvore.

— Estou muito confusa. Por tudo. Por nada. — Vou até o lado oposto, mesmo que não seja muito longe.

— Vem cá — Charlie diz, me abraçando e amassando sua fantasia. Tento me afastar, mas é inútil. Ele está me segurando bem firme. Então choro muito.

Capítulo 36

Acordei com um raio de sol através da janela da casinha. Tão amarelo e brilhante, mas que não esquenta. O ventinho gelado é forte entre as árvores e guincha através das centenas de rachaduras na madeira. Minha fantasia está úmida, assim como o chão onde estou deitada. Estou tremendo.

Dois braços quentinhos estão me envolvendo e me fazem ficar mais tranquila. Levanto-me do colo no qual me apoio confortavelmente, apesar do desconforto generalizado. Charlie ainda dorme, as costas estão apoiadas numa das paredes da casinha. A fantasia de caixa de biscoito está num canto. Os dedos dele estão se mexendo levemente, como se datilografasse uma máquina de escrever invisível. Deve ser porque ele também está congelando. O moletom dele está cobrindo minhas pernas.

Cutuco Charlie delicadamente. Ele abre os olhos.

— Ei — me diz, numa voz cansada. E me cutuca de volta.

— Ei — eu respondo.

Percebo a chave entre as minhas mãos enquanto me levanto do chão. Devo ter apertado a chave a noite inteira, porque a palma da minha mão está salpicada de vermelho e com um monte de cortezinhos. Está dolorida e sensível.

— Você sabe que horas são? — pergunto.

Verifica o relógio:

— Quase 9h30. Você está com fome? A gente podia tomar café.

Estou de estômago vazio, mas não estou com fome.

— Devia voltar para casa.

Eu me levanto e tento me limpar. Não posso nem imaginar minha cara agora.

Charlie se levanta também. Ele se movimenta bem devagar e calmamente, enquanto limpa as calças, como se não quisesse me perturbar ou importunar meus pensamentos.

Vou até a janela e olho para a minha velha casa. É realmente uma casa legal. Vou ficar triste o resto da vida por não morar mais ali.

Charlie chega por trás de mim. Põe as mãos nos meus ombros e me leva para uma sombra.

— Devíamos ficar fora do alcance da vista das pessoas.

Ele tira uma folha dos meus cabelos. Em vez de jogá-la no chão, ele a põe no meu bolso. O que é superesquisito, e doce, e muito típico dele.

Meu coração dispara.

— Não posso acreditar que você vai se mudar — digo e meus olhos se enchem de lágrimas.

— Não vai ser tão cedo.

— Mas é isso o que estou dizendo. Como posso ficar com uma pessoa que sei que vai embora? — Desato a chorar.

Ele enxuga as lágrimas com a manga. É bem macia e cheira a amaciante de roupa. É um tecido perfeito.

— Não sei.

— Não dá para esquecer, Charlie. Já tentei e não funciona.

Segura as minhas mãos e assopra para aquecê-las.

— Não sei o que dizer, Ruby. É um saco. Eu sei disso.

Respiro bem fundo e aperto as mãos dele o mais que posso. Descemos pela escada de corda; ele vai à frente e, ao final, damos as mãos. Charlie está me guiando para longe da casa, mas eu quero puxá-lo para o jardim. Atravessamos o portão de entrada e ajoelhamos na grama. Então, pego uma pedra e enterro a chave embaixo dela.

— Agora o quê? Aonde você vai?

Não sei o que vai acontecer com a gente. Bem, no fundo acho que sei. Mas não sou meu pai vivendo uma situação da qual quero escapar. Quero viver.

— Vou para casa. — Digo a Charlie que vou telefonar para ele, e vou mesmo.

Capítulo 37

Quando chego em casa, Beth está sentada nas escadas. Está curvada como uma boneca velha e brinca com uma garrafa d'água pela metade. Veste um jeans velho, um moletom manchado que ela usa para dormir e um par de sapatos azul-marinho da Van. O cabelo ondulado está mais achatado hoje, provavelmente porque ela dormiu com ele preso. Dá para ver os restos da maquiagem de ontem. Não diz "oi" nem procura me olhar quando passo por ela. Continua com o olhar voltado para o meu casaco e a minha mochila, ao lado dela.

Vou até o alpendre e pego a chave reserva. Meto a chave na fechadura, mas paro um segundo antes de girar. Embora esteja extremamente cansada e emocionalmente sem energia, Beth e eu vamos ter de conversar mais cedo ou mais tarde. Mesmo que seja para acabar com a amizade, alguém tem que dizer isso oficialmente. E se as coisas forem para esse lado, não quero ficar em cima do muro e não decidir. É uma tortura necessária.

Desço as escadas e me inclino para ela:

— Ei.

— Oi. — Ela aperta as mãos e continua evitando de me olhar. — Então, você o encontrou?

— Sim.

— Você está bem? Como foi?

Levanto a cabeça para o céu. Ela ainda não tem o direito de saber isso. Mas se vamos esclarecer tudo, acho que não posso esconder nada. Então me sento nas escadas ao lado dela.

— Não foi muito legal. Acho que ele esperava mais. Mais do que merecia.

— Ah! — ela olha rapidamente para mim e em seguida de novo para baixo. — Escute, sei que provavelmente não vai querer me ouvir, mas gostaria de me explicar. — Dirige o olhar para o jardim. — Embora eu esteja esperando mais do que mereça. — Dá uma risadinha.

Eu não.

— Olhe, Beth, quero dizer-lhe uma coisa primeiro. Você não vai me convencer de que o que você fez não foi errado. Então, se pretende ficar se defendendo e bancando a boa moça, como fez ontem, pode esquecer.

Há uma chance de que Beth se irrite comigo por eu ter-lhe dito isso. Em vez disso, ela apenas respira profundamente, como se fosse mergulhar.

— Bem, a minha festa terminou depois que você foi embora. Mandei todo mundo para casa e passei o resto da noite debaixo das cobertas. Katherine e Maria ficaram um pouco mais arrumando a bagunça que você fez no meu quarto. Ambas foram firmes em dizer que agi mal com você. E me disseram várias vezes. Tomei do meu próprio veneno, eu acho.

— Você precisava que elas te dissessem isso?

— Não. Sabia faz tempo.

— Não se isso é bom ou ruim. — Balanço a cabeça.

Beth dá de ombros, recuando um pouco.

— Saber disso é ruim. Sei que é.

Essa conversa não vai levar a lugar nenhum, e estou ficando bem cansada. Pego meu casaco e visto-o. Talvez eu devesse entrar em casa.

Beth torce as mãos:

— Posso dizer uma coisa?

— Claro.

— Fiquei com a chave da tua casa porque eu pretendia te contar tudo. E a foto do iglu era um lembrete de que eu deveria cuidar de você até que pudesse te contar a verdade.

Balanço a cabeça:

— Você não me deve nada. Só deveria ter me contado.

— Não, você está errada. — Está comovida e envergonhada. — Eu deveria ter feito alguma coisa. Deveria ter tocado a campainha da tua casa ou pedido a teu pai para nos levar para casa, ou mesmo ter gritado algo bem alto para que tua mãe me ouvisse e não fosse pega em flagrante.

— Não ligo para isso, Beth.

— Bem, você deveria! — Rói as unhas. — Sempre disse a mim mesma que tornar-me sua melhor amiga, de alguma forma, consertava o que eu fiz. Mas lá no fundo sabia que dava para consertar de outro jeito. — Beth começa a chorar copiosamente.

— Mas como iria consertar de outro jeito se não me contasse a verdade? Eu nunca mais o teria visto se não tivesse encontrado a carta! E, por outro lado, você nunca teria me confessado a verdade.

Beth assoa o nariz.

— Você me disse que não queria mais vê-lo. Pensei que estava te ajudando. No fim das contas, foi ele quem saiu de casa.

Olho bem firme para ela:

— Mas isso você não pode julgar. Preciso que você fique do meu lado, sem se importar com o que eu quero fazer.

— É, eu sei. — Ficamos quietas por um tempo. Ela limpa o nariz com a manga da camisa. — Meu Deus, sou a pior amiga do mundo, hein? — E desaba no choro de novo.

— Bem, você confundiu tudo. A chave não foi a pior coisa; a pior coisa foi a carta. Foi tudo uma merda.

Ela está tremendo toda, mas ainda consegue dizer:

— Você acha que as coisas podem voltar ao normal de novo? Como era antigamente? — Ela vira um pouco a cabeça, como se quisesse me olhar, mas não tivesse coragem.

Está mesmo arrependida do que fez. No entanto, tudo mudou entre a gente. Não há como ignorar isso.

Talvez isso seja bom. Pego um pedaço de sua manga nas mãos e desfio em pequenos fiapos.

Não vou mais precisar tanto de Beth. Mas ainda assim precisamos uma da outra.

Capítulo 38

Minha mãe está esperando por mim na sala. Está segurando a caixa de meu pai no colo e folheia as fotos. Deve ter entrado no meu quarto e encontrado.

— Mãe, eu... — gaguejo. Não faço ideia do que dizer a ela. Porém, ela aponta a almofada perto de si e, então, eu me sento.

Escolhe uma foto em que está de cabelos compridos e vestido florido. Balança a cabeça:

— É difícil, para mim, olhar essas fotos. — Tento fechar a caixa, mas ela me impede. — Queria mergulhar nessas fotos e saber um pouco mais sobre mim mesma. — Dá um suspiro e passa para a próxima foto. — A coisa mais estúpida que fiz foi poupá-la da verdade, Ruby. Deveria ter sido honesta com você. — Respira fundo e põe a caixa de lado. — Vou melhorar. Nós vamos melhorar.

— Deveria ter te contado que ele ainda estava na cidade, mas tive medo de te magoar — digo, e ela sorri para mim, mas eu mal posso encará-la. — Nós nos encontramos ontem à noite. Foi bem estranho.

Ela tira algo do meu rosto. Uma sujeirinha, provavelmente.

— Fiquei bem triste quando você saiu correndo no seu aniversário. Pensei que seria bom para você vê-lo.

— Você não ficou com medo de que ele me contasse que você o traiu?

— Sim, no começo. Mas também sabia que isso aconteceria mais cedo ou mais tarde. Eu mesma quase te contei naquela noite em que a gente decorou as abóboras. — Ela afasta a franja da minha testa. — Mas perdi a coragem.

— Não foi culpa sua se ele foi embora, mãe. Ele estava procurando um modo de fugir. Não queria continuar na família.

— Ruby, por mais que eu chegue a um acordo sobre o que fiz e as consequências disso para o meu casamento, ainda me sinto responsável por todo o sofrimento que você passou. Acho que me fechar para um novo relacionamento foi meu modo de me arrepender.

— Durante todos esses anos achei que você ainda fosse apaixonada por ele. E por isso nunca mais tivesse tido nenhum namorado.

Ela sorri:

— Isso faz sentido.

— Quem era? O cara com quem você ficou?

— Ninguém importante. Um velho amigo de escola.

— Foi o cara com quem você perdeu a virgindade?

Ela fica vermelha:

— O quê? Como você sabe disso?

— Li seu diário quando a gente estava fazendo a mudança. Queria saber mais sobre você, mãe.

Ela acaricia as minhas pernas e ri:

— Não deveria ser o contrário?

Apoio minha cabeça nos ombros dela:

— Sabe, acho que o pai veio aqui porque ele queria dar um tempo antes de começar no novo emprego. Ele é um cara sozinho. — Pego a foto que tirei dele há algumas horas. É bem louco o quanto a gente se parece. — Você acha que sou parecida com ele?

— Não, Ruby. Seu pai tinha medo de um monte de coisas. Você é bem corajosa.

Não me sinto corajosa ou forte. Só me sinto cansada. E um pouco triste.

— Acho que vou para a cama. — Pego a caixa do meu pai e todas as minhas coisas.

— Você está com fome? Posso lhe preparar alguma coisa?

— Não. Mas talvez a gente possa jantar juntas.

Seu rosto se ilumina.

— Tenho uma receita nova. Vai quiabo nos ingredientes. Eu nem mesmo sei o que é quiabo!

Vou direto para o meu quarto. Tiro a fantasia, vou para debaixo das cobertas e fecho os olhos. Mas, então, abro-os de novo.

Não dá nem para acreditar em tudo o que aconteceu nos últimos dias. Não tenho bem certeza do que vou fazer com todas essas memórias e sentimentos novos. Se fosse antes, eu apenas os evitaria. Mas isso já não é mais o certo. Fiz uma espécie de antidistintivo de bandeirante. Queria usá-lo, não mais esquecer disso.

Embora eu devesse estar dormindo, me levanto da cama. Junto todas as fotos que tirei desde o meu aniversário, os bótons de Charlie, os meus distintivos, a carta do meu pai e vou para o sótão. Pego o mapa e colo-o na parede do meu quarto.

E, então, colo tudo no mapa, cobrindo um pequeno esboço de árvore que desenhei. Meus amigos são os galhos, mesmo a Katherine. Todas as fotos que tirei do meu pai e no estacionamento são as folhas. Os bótons de Charlie são os frutos. Faço uma colagem. E no centro de tudo, colo a foto que Beth tirou de mim no meu aniversário. Está suja de cera de vela e sorvete derretido, mas dá para ver que estou sorrindo.